HERÓI

GLADIADORES GALÁCTICOS LIVRO 3

ANNA HACKETT

Translated by
ANDRÉIA BARBOZA

Herói

Série Gladiadores Galáticos — Livro 03

Anna Hackett

Copyright de Hero © Anna Hackett, 2016.

Copyright da tradução © 2020 por Andreia Barboza — LA Serviços Editoriais.

Copidesque da tradução: Luizyana Poletto.

Capa: Melody Simmons — BookCoversCre8tive

ISBN (ebook): 978-1-922414-27-4

ISBN (paperback): 978-1-922414-28-1

Título original: *Hero*

ISBN (ebook): 978-1-925539-09-7

ISBN (paperback): 978-1-925539-14-1

Texto revisado segundo o novo Acordo Ortográfico da Língua Portuguesa.

 Created with Vellum

CAPÍTULO UM

O som ecoou nas paredes de pedra ao seu redor.

Não era um trovão ou o rugido de um motor. Eram milhares de vozes gritando seu nome.

Kace Tameron parou na entrada do túnel e assimilou o que estava acontecendo. O calor do sol se pondo em sua pele. O rugido da multidão que estava sentada nas cadeiras que circundavam a arena. As luzes estroboscópicas cintilando no céu escuro.

Seu batimento cardíaco ficou estável, e ele moveu o bastão de combate, sentindo o aço liso frio e familiar nas palmas das mãos. Executou um cântico de luta antariano mentalmente para focar no que estava prestes a fazer.

Assim que recebesse a ordem, pisaria na areia da Arena Kor Magna.

Era a arena de gladiadores mais ferozes do canto mais distante da galáxia. Onde escravos lutavam pela liberdade, lutadores pela glória e soldados, como ele, vinham para aprimorar suas habilidades.

À sua volta, os companheiros gladiadores se alongavam, checando as armas, concentrados.

— Estou pronto para jogar alguns Thraxianos na areia — Thorin gritou, batendo o machado na palma da mão.

Kace olhou para o gigante gladiador Sirrush. Thorin era um pouco selvagem e mortal na areia. Seu companheiro de luta estava ao lado e era o campeão da Arena Kor Magna, Raiden Tiago. As tatuagens do homem brilhavam em sua pele bronzeada, e não havia como deixar de notar o fato de que ele tinha a constituição de um lutador e não do príncipe que já havia sido.

Logo além deles, no túnel, estava outra dupla de lutadores da Casa de Galen. O gigante Nero e o *showman* Lore. Kace era soldado de carreira. Ele trabalhou com alguns dos melhores lutadores de seu planeta, mas esta equipe era muito boa.

Aqui, armas de projétil eram proibidas e consideradas desonrosas. Na arena, a maior parte da tecnologia também era mal vista. Neste lugar, se lutava de perto, individualmente os lutadores precisavam ser bons.

Era uma das regras cardeais da arena – e não havia muitas regras em Kor Magna – que um gladiador não fosse aprimorado ou controlado por tecnologia. Eles lutavam contra robôs, usavam alguns escudos e armas de energia e corriam com carruagens. Mas no final do dia, era gladiador contra gladiador, homem contra homem.

Alguém bateu em seu ombro e Kace olhou para sua parceira de luta. Saff Essikani sorria para ele com os dentes brancos em contraste à pele escura. Seu longo cabelo preto caía até a cintura em uma massa de pequenas tranças. Ela era alta, musculosa e uma tremenda gladiadora na arena.

Enquanto a ansiedade exalava de Saff, Kace estava quieto e composto.

Ele não era um escravo da arena que lutava pela liberdade. Nem um sobrevivente, como seus amigos, que consideravam o mundo deserto de Carthago e a cidade de Kor Magna seu lar. Kace era militar. Nascido e criado para lutar. Estava aqui com um contrato de dois anos para aprimorar suas habilidades.

Um homem entrou na frente deles todo vestido de preto. A camisa cobria um braço e deixava o bíceps musculoso nu. Ele moveu seu corpo poderoso com uma precisão que permitia que todos soubessem que ele poderia entrar em ação quando necessário. Kace reconhecia um guerreiro quando via um.

Com uma cicatriz no rosto e um tapa-olho roxo sobre o olho, Galen, o Imperador da Casa de Galen, era um homem imponente.

— Não preciso dizer a nenhum de vocês para lutarem bem. Vocês fazem isso toda vez que pisam na arena. — Seu olho azul-gelo observou a todos. — Devo dizer que a Casa de Thrax ainda está muito infeliz conosco.

Kace sabia que isso era um eufemismo. Eles resgataram várias mulheres dos Thraxianos e espancaram os alienígenas várias vezes. Kace sentiu uma pontada de satisfação nada parecida com a de um soldado. Os Thraxianos eram algozes e mereciam tudo o que estavam recebendo. Eles sequestravam pessoas de toda a galáxia para vender a quem pagasse mais e cometeram o infeliz erro de pegar um buraco de minhoca transitório para um sistema estelar distante, no lado oposto da galáxia.

Eles sequestraram um grupo de mulheres em uma estação espacial perto de um planeta chamado Terra. As mulheres pequenas também provaram ser duronas e ferozes. Pensar nelas quase o fez sorrir. Os Thraxianos não sabiam o que os atingiu.

Kace e os outros gladiadores da Casa de Galen ajudaram a libertar as mulheres da Terra. E agora Harper, Regan e Rory estavam presas aqui, incapazes de retornar ao seu planeta.

— A Casa de Thrax está em busca de vingança — Galen disse com a voz profunda. — Tenham cuidado.

Kace apertou ainda mais seu bastão. Era um projeto típico antariano – seu povo fabricava algumas das melhores armas da galáxia. No exército, ele também usava armas de longo alcance, mas aqui na arena, seria considerado covardia. Sua proficiência com a equipe aumentou substancialmente nos seis meses em que se tornou membro da Casa de Galen.

Agora, ele estava pronto para enfrentar os gladiadores de Thrax.

Ouviu passos atrás de si. Virou a cabeça e viu Harper, uma das mulheres da Terra, avançar. Seu sorriso estava centrado em Raiden.

— Viemos desejar boa sorte — Harper falou.

O gladiador durão segurou a mulher com um braço e a puxou para um beijo. Ela era muito mais baixa que seu amante, mas Kace tinha lutado com ela na arena, e a mulher era uma lutadora e tanto. Ver os dois juntos fez algo se apertar em seu peito.

O amor era um conceito estranho em Antar. Na verdade, era expressamente proibido. Era fascinante ver a emoção irradiando desse casal.

Outra mulher avançou. A dra. Regan Forrest era ainda mais baixa que Harper. Seu vestido branco esvoaçante acentuava as curvas cheias e ondulou quando ela se jogou nos braços musculosos de Thorin.

Kace resistiu ao impulso de balançar a cabeça. De todos os gladiadores da Casa de Galen, ele nunca teria imaginado que o grande e selvagem Thorin se apaixonaria por uma pequena e doce garota da Terra.

Sem querer, o olhar de Kace procurou pela última Terráquea.

Lá estava ela. Aurora Fraser, mais conhecida como Rory.

Também era baixa, mas estava na média entre Regan e Harper. Ela não tinha as curvas de Regan, ou o físico atlético de Harper. Seu corpo era magro, com quadris estreitos e braços tonificados. Ela não estava usando vestido como Regan ou roupas de couro como Harper. Em vez disso, usava uma calça preta simples e uma camisa branca que envolvia seu corpo, abraçando os seios pequenos e firmes. Seu cabelo ruivo caía em um emaranhado de cachos ao redor do rosto. Os olhos verdes dourados observavam a tudo e a todos, e um leve sorriso flertava em seus lábios.

Ela sofreu de forma terrível nas mãos dos Thraxianos. Depois, eles a venderam para o deplorável Vorn. Ela havia sido espancada e tratada pior do que um animal, mas aqui estava ela, sorrindo.

As mulheres da Terra eram duronas, teimosas e fortes.

Seu olhar encontrou o dele, e ela se aproximou.

— Pronto para lutar, garoto bonito?

— Sempre. — Ele lutou contra o desejo de dizer para que ela não usasse aquele nome bobo. Era um soldado antariano, não havia nada de bonito nele. Ela o chamou assim desde o momento em que ele a resgatou da Casa de Vorn. Também o deixou com um olho roxo durante o resgate.

Se havia uma coisa que Kace havia aprendido sobre Rory Fraser, era que ela batia primeiro e fazia perguntas depois.

De forma corajosa, ela o olhou de cima a baixo.

— Eu acredito nisso. Estou animada para ver você lutar.

Kace parou por um segundo, absorvendo o fato de que ela estaria o assistindo esta noite. Algo dentro dele achou isso muito bom.

— Você fica nervoso? — ela perguntou.

— Não.

Ela franziu o cenho e isso chamou a atenção dele para os pontinhos em seu nariz. Ela os chamava de sardas.

— Nunca?

— Não. — Soldados antarianos não ficavam nervosos.

Ela revirou os olhos.

— Certo, gladiador. Bem, tenha cuidado.

— Tudo bem, hora de ir — Galen gritou.

Kace acenou para Rory, mesmo notando que Raiden deu um grande beijo em Harper. Por um breve segundo, ele se perguntou como seriam os lábios de Rory.

Mas então, balançou a cabeça e se virou. Sexo não era proibido em Antar, mas também não era endossado. Os soldados eram encorajados a colocar todas as suas emoções no treinamento, não em atividades frívolas.

Ele saiu do túnel, levantando seu bastão e se concentrando.

Juntos, os gladiadores da Casa de Galen pisaram na areia.

Todas as filas de cadeiras da arena estavam lotadas. Quando a multidão os viu, rugiu em aprovação.

Thorin sacudiu o machado enquanto Saff erguia os punhos para a multidão. Lore se virou e jogou algo. Fogos de artifício explodiram e se espalharam em todas as direções em prata e vermelho – as cores da Casa de Galen. Nero fez uma careta para ele.

Raiden mal prestou atenção à multidão. Sua capa vermelha flamejava atrás dele enquanto o gladiador caminhava para o coração da arena. Ele nunca agradava aos espectadores e, ainda assim, se tornou campeão. Era um guerreiro de coração e Kace seguia seu exemplo.

Enquanto os outros gritavam para a multidão, Kace se ajoelhou e pegou um punhado de areia. Deixou-a correr por entre os dedos. Ele nunca se deixava esquecer que ali seria testado e desafiado. Não eram lutas até a morte, mas sempre ocorriam ferimentos. O sangue espirraria na areia. Ele não estava ali pela glória, mas sim pelo dever e pela honra.

O tom da multidão mudou, e Kace se endireitou.

Seus oponentes haviam entrado na arena.

Ele se juntou à equipe e viu os gladiadores Thraxianos vindo em sua direção. Nem todos os guerreiros na

Casa de Thrax eram Thraxianos, mas esta noite, a maioria deles era.

Eles causavam um certo impacto. Com dois metros e meio de altura, corpos musculosos e poderosos, os Thraxianos tinham a pele dura na cor marrom e um conjunto de chifres negros na cabeça. Os olhos brilhavam em tom de laranja e combinavam com o brilho das veias alaranjadas visíveis através da pele.

Saff se aproximou dele.

— Pronto, militar?

— Pronto.

Enquanto os gladiadores Thraxianos corriam em direção a eles, Raiden se virou com um olhar duro no rosto.

— Pela honra e liberdade.

— Pela honra e liberdade. — Kace ergueu a voz para se juntar aos outros. Eles começaram a correr para encontrar o inimigo.

Kace balançou seu bastão, batendo-o na espada de um Thraxiano. Ele girou, dobrando um joelho e movendo o bastão para cima. Foi um movimento rápido e o oponente mal teve tempo de reagir. A arma atingiu a lateral do alienígena. Com um rugido, ele cambaleou para trás.

Mais uma vez, Kace balançou o bastão, seguido por outro movimento. Sua arma era como uma extensão de si mesmo. Logo, o Thraxiano caiu de joelhos na areia e Kace bateu com o bastão na nuca do homem.

Pow. O Thraxiano caiu na areia. Kace saltou por cima do alienígena caído e continuou se movendo. Ele acompanhava Saff, e os dois olharam para o gigante que investia contra eles. O alienígena era muito grande.

A gladiadora ergueu um pequeno dispositivo em forma de ovo. Kace assentiu e observou enquanto ela o jogava no gigante.

O dispositivo explodiu e uma rede de arame voou no oponente, enroscando-se em sua parte inferior e fazendo-o tropeçar. Enquanto ele lutava, Kace saltou, com o bastão acima da cabeça. Ele o abaixou e bateu na parte inferior das costas do alienígena. Ele ouviu o estalo de ossos e o rugido do Thraxiano.

— Bom trabalho. — Saff deu um tapa no braço de Kace.

Eles continuaram a lutar no meio da multidão de gladiadores. Nero e Lore lutavam com determinação e uma graça letal. Thorin e Raiden atacavam os oponentes.

Finalmente, Kace parou, enquanto Thorin e Raiden enfrentavam o último dos Thraxianos. Ele apoiou a ponta de seu bastão na areia e olhou em direção às arquibancadas.

Seu olhar se concentrou nos assentos da Casa de Galen, perto do chão da arena. Instantaneamente, viu aquele brilho de cabelo vermelho e notou que Rory estava olhando e sorrindo para ele.

— Cuidado — Saff gritou.

Kace inclinou a cabeça para trás e viu que um gladiador havia se libertado de Thorin e Raiden. Ele estava correndo na direção de Saff e Kace. Era um Gavia. Uma espécie reptiliana que podia cuspir veneno.

Saff mexeu na rede, observando e esperando. Quando

ela ficava assim, lembrava a Kace um gato caçador: paciente e astuto.

Normalmente, Saff era toda fogo e poder implacável quando lutava. Paciência era a habilidade de Kace, não dela. Na maioria das vezes, ela avançava sem planejamento.

Mas desta vez, Kace não queria esperar. Sentia uma onda extra de energia esta noite, uma necessidade de mostrar suas habilidades. Correu para encontrar o gladiador.

Ele usou seus movimentos mais dramáticos, balançando o bastão em uma dança selvagem e letal. Ele cansou o oponente, batendo em todos os pontos sensíveis do corpo de Gavia. O alienígena gemeu, oscilando de forma descontrolada e cuspindo sangue verde na areia. Seus movimentos estavam diminuindo, perdendo a coordenação.

Em seguida, Kace balançou o bastão para o lado, derrubando o Gavia com uma pancada na altura dos joelhos. Ele balançou novamente e atingiu a mandíbula do alienígena, jogando sua cabeça para trás. Enquanto o Gavia xingava, ele moveu a cabeça e uma chuva de veneno verde-escuro jorrou da sua boca.

Kace saltou, rolou pela areia e voltou a ficar de pé. Ele podia ouvir o barulho do veneno. Mais uma vez, balançou o bastão e pegou o Gavia pelas costas. O alienígena caiu, apoiando as mãos e joelhos, lutando para se levantar. Até que, finalmente, ele desmaiou.

A multidão foi à loucura.

Saff apareceu ao lado de Kace com uma sobrancelha escura arqueada.

— Bem, olhe quem comeu seus sucrilhos hoje.

Kace franziu a testa. *Sucrilhos?*

• Não sei do que você está falando.

— É uma frase que Regan me ensinou. Significa que você comeu algo que lhe deu energia extra hoje.

Kace não respondeu. Outro gladiador da Casa de Thrax estava avançando em direção a eles. Ele era grande, com músculos salientes no peito e ombros largos. Seu nome era Naare, um varinid do planeta Varin. Era gladiador da Casa de Thrax há anos. Kace meio que gostava do cara e sabia que ele quase ganhou a liberdade. Era muito bom com um machado.

Naare avançou, girando a arma em um arco selvagem. Saff e Kace se abaixaram e rolaram.

Kace girou, levantando o bastão. Ele atingiu Naare na lateral, depois no ombro.

E então, franziu o cenho. O Varinid costumava ser rápido como um relâmpago. Hoje, ele estava mais lento do que um recruta verde. Ele atingiu seu oponente com o bastão algumas vezes enquanto o alienígena não conseguiu acertar nenhuma.

Os olhos de Naare estavam sem vida. Só precisou de mais dois golpes e o gladiador caiu.

Kace franziu a testa. Naare estava perto de ganhar a liberdade e geralmente era um oponente desafiador.

Mas esta noite, algo estava diferente. Será que Naare havia adquirido o hábito de usar drogas? Kor Magna atraía espectadores de toda a galáxia para as lutas, mas fora dos muros da arena, a cidade – e seu distrito reluzente – atendia a muitos vícios. Jogos de azar, drogas, mulheres, homens... o que você quisesse, poderia encontrar aqui. Kace estava bem ciente de que mais de um gladiador da arena lidava com seus demônios por meio do uso de substâncias químicas.

De repente, o uivo de uma sirene ecoou pela arena. Ele ouviu os locutores gritando, declarando a Casa de Galen vencedora.

Kace passou o braço pelo rosto, enxugando o sangue e o suor. Bem aqui, neste momento, ele sentiu uma clareza que raramente sentia em qualquer outro lugar.

Em Antar, com seu esquadrão de soldados, ele sempre se sentia parte de uma equipe que lutava para proteger seu planeta.

Mas foi só depois de chegar à arena que ele realmente se sentiu vivo. Ali na arena, ele aprendeu muito – sobre luta, estratégia e pessoas. O que ele não esperava era fazer amigos.

Um grande punho socou seu ombro.

— Oi, militar. — Thorin bateu nele mais uma vez. — O que deu em você esta noite?

Raiden deslizou a espada de volta em sua bainha.

— Você usou alguns movimentos bem elaborados.

Kace deu de ombros.

— Senti vontade.

— Você estava se exibindo — Saff brincou.

— Um soldado antariano não se exibe.

Seus amigos continuaram a provocá-lo enquanto atravessavam a arena. Ao se aproximarem do túnel, ele olhou para os assentos da Casa de Galen. Viu Rory na grade olhando para ele. Ela estava pulando, com os braços acima da cabeça. Ele observou enquanto ela colocava os dedos na boca e soltava um assobio estridente.

O estômago de Kace endureceu quando a compreensão o atingiu. *Drak.* Não foi apenas uma necessidade de testar suas habilidades. A razão pela qual ele agiu daquela forma estava sentada nas arquibancadas, comemorando sua vitória.

CAPÍTULO DOIS

R ory se sentou na cama, rodeada por um amontoado de peças eletrônicas.

Havia fios, pedaços de metal com formas aleatórias e um monte de coisas que ela não reconhecia. Pegou uma bolsinha cheia de gel e franziu a testa. Pelo que sabia, era algum tipo de componente biológico e fascinante. Desde seu resgate, tinha passado muito tempo tentando descobrir como a tecnologia aqui em Carthago funcionava.

Uma vez engenheira, sempre engenheira.

Mesmo sendo abduzida por alienígenas e atualmente vivendo com um bando de gladiadores galácticos. Com um suspiro, pegou a pequena ferramenta que Regan havia comprado para ela. O resto das coisas, Rory retirou do lixo, implorou para a equipe de manutenção da Casa de Galen ou pediu a Galen para lhe fornecer.

Galen. Ele era um cara assustador. Um de seus olhares frios era o suficiente para fazer você tremer em suas – ela olhou para os pés – sandálias. Ainda assim, por mais durão que o imperador fosse, ele a acolheu. Fez o mesmo com todas elas e por isso, ela era grata.

Ele lhe deu um quarto, roupas e comida. Ela passou a mão no quadril e na parte superior do traseiro, sentindo um caroço. Havia até passado por um exame médico completo, incluindo um implante anticoncepcional feito pela equipe de curandeiros de Galen.

Rory tocou sua ferramenta em um dos fios e viu uma faísca fraca. Ficou muito feliz em descobrir que grande parte da tecnologia aqui era, na verdade, menos tecnológica do que na Terra. Claro, ainda era diferente, mas a maior parte não era muito difícil de resolver. Por outro lado... ela ergueu algo que parecia uma espiral feita de uma pedra azul brilhante. A peça pulsava suavemente na palma da sua mão. Bem, parte disso levaria algum tempo para ela decifrar.

Uma brisa quente entrou pela janela aberta, balançando as cortinas transparentes. Ela deveria estar dormindo, como todos os outros na Casa de Galen a esta hora. Mas, como sempre, Rory não conseguiu.

Baixou a ferramenta. Ela gostou da luta desta noite, da energia e emoção. Era brutal, mas Rory havia sido treinada em artes marciais mistas e já tinha visto várias lutas. Na verdade, até participou de algumas.

Mas mesmo depois que a emoção da noite passou, mesmo depois de tomar alguns drinques com os gladiadores para comemorar e mesmo se sentindo cansada, ela simplesmente não conseguia dormir. Na maioria das noites desde que foi resgatada, ainda tinha pesadelos terríveis com seu cativeiro.

Droga de visitantes indesejados.

Com um suspiro de desgosto, jogou a ferramenta e a peça eletrônica na cama. Olhou para a colcha azul clara e, em seguida, ao redor do belo quarto. A luz do luar brilhava através da grande janela em arco. Se levantou da cama e foi até lá.

A lua estava enorme no céu. Muito maior e mais brilhante que a lua da Terra. Uma pontada de saudade e solidão a atingiu. Sentia falta da sua família. Os abraços firmes da mãe, os comentários discretos do pai e as provocações e comentários incessantes de seus irmãos sobre sua vida.

Sentia falta da sua cerveja indonésia e do seu restaurante japonês favorito. Deus, estava com saudades até da sua caixa de ferramentas bem abastecida e com tudo bem guardado. Ficava em seu armário na Estação Espacial Fortuna... então provavelmente agora era só lixo espacial orbitando Júpiter.

Rory pressionou as mãos nos olhos como se pudesse conter as lágrimas. Não era chorona. Detestava chorar. Mas era muito difícil *não fazer isso*, quando se sabia que seu planeta estava do outro lado da galáxia e não tinha como voltar para lá.

Apoiou a mão no arco da janela, sentindo a pedra quente debaixo da mão. Sabia que tinha muito a agradecer. Regan e Harper estavam com ela e estavam seguras aqui na Casa de Galen. Só de pensar nos Thraxianos e nos Vorn as memórias a atingiam como golpes fortes. As celas, a depravação, as surras, a fome, o frio, a dor...

E Madeline Cochran, a comandante civil da Estação Espacial Fortuna, ainda estava lá. Ainda presa e sendo feita prisioneira de alguém.

Merda. Nada de dormir para Rory.

Ela voltou para a cama e pegou a pequena caixa de ferramentas improvisada que estava montando para si mesma. Encontrou a caixinha metálica em um depósito, e era do tamanho certo para carregar.

Saiu do quarto. Se não conseguia dormir, poderia encontrar algo para consertar.

Desde que desmontou o computador da mãe aos sete anos, Rory passou a amar construir e consertar coisas. Adorava saber como as coisas funcionavam e como se encaixavam. Isso sempre acalmava o barulho em sua cabeça.

Ela se lembrava de ser uma criança enérgica e uma adolescente muito exigente. Sempre foi muito ativa e um pouco nervosa. Seus pais viviam dando coisas para que ela consertasse a fim de mantê-la ocupada.

Quando esteve no ginásio mais cedo com Harper, um espaço fora da arena de treinamento menor, notou que uma das luzes da parede não estava funcionando. Ela se tornaria útil na nova casa.

Se dirigiu pelos túneis e desceu um andar para a área do ginásio. Estava cheio de tapetes cor de areia e bolsas penduradas no teto. Havia um ringue de luta fechado e isolado por cordas na parte de trás.

Felizmente, não havia esteiras ou outros equipamentos de exercícios torturantes. Rory odiava suar e ir a lugar nenhum.

Alcançou a porta e ouviu um barulho vindo de dentro. Respiração rítmica.

Ela parou. Kace estava fazendo flexões no tatame.

Sentiu um frio na barriga. Aqui estava outra coisa

pela qual ser grata: gladiador gato de primeira classe. O atlético lutador usava calça escura e macia, sem camisa. Toda aquela pele gloriosa e bronzeada... ela se encostou na porta e não conseguiu tirar os olhos dele.

Seus músculos eram bem definidos, e ela podia ver cada um deles flexionar em suas costas fortes enquanto ele se movia. Por baixo do tecido macio da calça, ela viu a curva impressionante do seu traseiro e os músculos fortes das coxas.

Ele continuou se movendo como uma máquina. Focado. Centrado.

Ela se perguntou mais de uma vez se Kace havia relaxado alguma vez. Sempre que estava perto dele, sentia essa força em espiral, uma tensão intensa que a advertia de que ele poderia explodir em um milissegundo.

Rory entrou.

— Ei, garoto bonito. Você nunca fica sem fôlego?

Kace fez uma pausa e virou a cabeça. Seu cabelo castanho estava ligeiramente úmido. Ele ficou de pé.

— Sem fôlego? Não perco o fôlego.

Rory balançou a cabeça. O dispositivo tradutor que os Thraxianos implantaram na base do seu pescoço fazia com que ela entendesse os idiomas de outras pessoas e eles podiam entendê-la. Mas as expressões da Terra tendiam a pegar as pessoas desprevenidas.

— Energia. Você nunca fica sem energia?

— Não. Um soldado sabe como gerenciar seus níveis de energia.

Ele era bonito de qualquer ângulo. Kace a fazia pensar em um herói de filmes ou livros de ação. Mandíbula forte, maçãs do rosto bem definidas e olhos azuis brilhantes.

Rory mudou de posição. Ele era delicioso, e não era o seu tipo. Ela sempre gostou de *bad boys* e rebeldes. Músicos, artistas... caramba, até namorou um motoqueiro uma vez.

Kace era um gladiador grande e malvado, mas também era tão correto e controlado quanto aparentava.

— A luta foi ótima — ela falou. — Você foi demais com o bastão. Parabéns pela vitória.

Ele inclinou a cabeça.

— Está muito tarde. Você deveria estar dormindo.

Ela brincou com a alça da sua caixa de ferramentas.

— Eu... não consegui. Pensei em fazer algo produtivo nesse tempo. — Ela gesticulou para a caixa de ferramentas.

— Você está com problemas para dormir?

Ótimo. Sua insônia e pesadelos eram a última coisa que ela queria discutir.

— Eu fico pensando na pobre Madeline. — Rory sabia que Kace e os outros estavam ajudando a procurá-la. Para a galáxia, os gladiadores da Casa de Galen eram simplesmente lutadores na areia sangrenta da arena. Nos bastidores, eram heróis. Eles resgatavam recrutas gladiadores presos, roubados e feridos de outras casas. Da escória como os Thraxianos. Rory nunca se esqueceria de que eles resgataram a ela e suas amigas. — Você soube de alguma coisa sobre ela? — perguntou.

Seus olhos azuis brilharam.

— Não. Sinto muito. — Os ombros de Rory cederam.

— O Galen está fazendo tudo o que pode para encontrá-la.

Rory assentiu e seguiu para as luzes na parede. Se ajoelhou entre uma que estava completamente apagada e outra que piscava. Abriu a caixa de ferramentas, pegou o que seria uma chave de fenda em Carthago e começou a levantar a tampa da luz com defeito.

— Madeline era sua amiga?

Rory olhou por cima do ombro.

— Na verdade, não. Ela estava encarregada da estação espacial onde trabalhamos. Madeline pode ser... uma vaca. Ela se mantinha afastada dos funcionários da estação espacial e não parecia ter amigos. Mas nada disso importa. Ela é humana, e ninguém merece ser mantido em cativeiro com os Thraxianos. — Um arrepio percorreu seu corpo.

— Nós a encontraremos.

Kace se aproximou, e Rory pôde sentir seu cheiro. Hum-hummm. Suor masculino saudável. Ela fez o que esperava ser um som de reconhecimento.

— Galen tem uma vasta rede de contatos. Alguém saberá de algo.

De repente, Rory percebeu que estava olhando para a parede, inspirando o cheiro de Kace. Limpou a garganta e enfiou a ferramenta na parte interna da luminária. Sabia que por causa do sistema de energia único, não havia risco de ser eletrocutada. Acompanhou alguns trabalhadores da equipe de manutenção quando teve oportunidade e os encheu de perguntas. Não reconheceu nada dentro da luminária, então começou a mexer na tentativa de descobrir.

Podia sentir a atenção de Kace nela e percebeu quando ele se agachou ao seu lado. Seu corpo grande roçou o dela em um leve toque.

— Você anda consertando muitas coisas por aqui.

Ela fez uma pausa. *Ele estava prestando atenção?*

— Não precisa fazer isso — ele continuou.

— Eu sei, mas eu gosto. Estou aprendendo muito sobre as diferentes tecnologias com a equipe de manutenção. Além disso, a Harper luta na arena e a Regan trabalha em seu laboratório e inventa novas substâncias fabulosas que o Galen pode vender. Eu conserto coisas. É o mínimo que posso fazer. É assim que posso contribuir.

— Você tem um lugar seguro aqui. — Kace colocou a mão em seu ombro.

Esse simples toque queimou dentro dela. Havia passado muito tempo trancada em uma cela e havia sido privada do toque de outras pessoas. Sentiu o calor dele irradiar contra sua pele. Rory descobriu que queria saber mais sobre ele.

— Obrigada. Eu sei. Mas não sou o tipo de pessoa que fica parada. Sei lutar um pouco, então talvez eu possa tentar a arena. — Seus irmãos começaram a treinar artes marciais na adolescência. No início, ficaram horrorizados quando a irmã mais nova quis seguir os passos deles. Depois de algumas reclamações, os pais a deixaram. Rory era teimosa quando queria alguma coisa e se recusava a ceder. — A Harper está me ensinando a usar a espada e a Saff prometeu me ajudar com a rede. — Rory inclinou a cabeça. — Dizem que você é o melhor da equipe. Você poderia me mostrar alguns movimentos?

Estando tão perto dele, ela viu a carranca que cruzou seu rosto. Os dedos dele apertaram seu ombro.

— Você não vai lutar na arena.

Ela piscou.

— Bem, talvez não agora, mas quem sabe um dia eu possa tentar.

— Não.

Ela semicerrou os olhos.

— Em que ponto eu te dei a impressão de que receberia ordens suas, garoto bonito?

— Você é muito pequena e delicada para a arena.

Rory o encarou, boquiaberta, depois inclinou a cabeça para trás e riu.

— Nunca fui chamada de pequena ou delicada na vida.

Seu olhar percorreu o rosto dela, como se fosse uma espécie de quebra-cabeça que ele precisava decifrar.

— Olha, por enquanto só quero aprender algumas armas — ela disse. — Fui avisada de que Kor Magna não é a cidade mais segura da galáxia. Achei que seria uma boa ideia saber as melhores maneiras de me defender.

Os dedos dele flexionaram em seu ombro.

— Claro. Eu ficarei feliz em mostrar alguns movimentos. — Ele se levantou de forma abrupta. — Tenho que ir. Boa noite, Rory.

O que havia acontecido? Ela o observou desaparecer. Era como se ele usasse uma concha controlada e gelada. Algo que não mostrava sinais de rachaduras.

Com um suspiro, Rory voltou às luzes e a tocar nos componentes. Ela ia consertar algo, caramba.

KACE SAIU dos túneis da arena para o sol brilhante da manhã. Ele fez uma pausa, olhando ao redor enquanto Galen e Raiden saíam ao seu lado, seguidos por Rory.

Kace se moveu automaticamente para ficar perto dela e poder manobrá-la sutilmente para o centro do pequeno grupo.

Ela parecia cansada, com olheiras, mas ainda estava observando a cidade com interesse.

Eles estavam indo para o distrito de Kor Magna.

Kace odiava o lugar. Havia muito de tudo. Muito barulho, muita luz, muitas pessoas. Muitos vícios e fraquezas. Ele podia ver o topo dos prédios cobertos de vidro à frente, se projetando de forma brusca no céu azul claro. Mesmo debaixo do sol forte, as luzes piscavam, telas enormes anunciavam os últimos shows, lutas e jogos. Ele sabia que os cassinos estariam lotados de alienígenas de toda a galáxia apostando os últimos créditos nas mesas.

— Vamos para a casa de Zhim — Galen falou.

Eles cruzaram uma estrada pavimentada com parale-lepípedos. Estavam indo visitar o comerciante de informações mais proeminente de Kor Magna. Kace não gostava de Zhim quase tanto quanto do Distrito.

— Ele é a melhor pessoa para encontrar informações sobre Madeline — Galen comentou. — O homem foi bem específico quando pediu para falar com você, Rory. Para descobrir o que você pode saber para ajudá-lo a rastrear sua amiga.

Rory concordou. Ela estava usando uma calça preta justa e camiseta verde que combinava com seus olhos.

Kace se perguntou se ela tinha dormido na noite passada. Ele se lembrou de como ela tinha ficado no ginásio, de como ela ria com tanto abandono. Mesmo tarde da noite e cansada, Rory cintilava com uma luz brilhante.

— Não dê nenhuma informação extra a Zhim — Raiden alertou. — A informação é a sua droga. O homem fará o que puder para tentar arrancá-la de você.

— E então ele vai comprar e vender. Ele compra e vende qualquer coisa — Kace acrescentou de forma sombria.

Rory assentiu novamente.

— Parece um verdadeiro vencedor. Muito bem, rapazes, vamos lá.

Eles caminharam por uma rua estreita que, lentamente, deu lugar à avenida mais larga que passava pelo coração do Distrito. Os prédios baixos e mais antigos da parte principal da cidade foram substituídos pelos cassinos iluminados e barulhentos.

Não era nada como o Distrito de Antar. O povo de Kace admirava a contenção e a ordem. Nas cidades de seu planeta, edifícios práticos, bem construídos e seguros eram intercalados com parques elegantes. No distrito, tudo era pavimentado, tinha vidros e luzes.

Ele observou enquanto Rory diminuía a velocidade, tentando espiar para dentro das portas de vidro brilhante de um cassino por onde passavam. Pessoas de todas as espécies estavam entrando e saindo. Ele cutucou gentilmente suas costas para mantê-la em movimento.

Passaram por uma fonte gigante que lançava jatos de água em uma dança linda e hipnótica. As luzes mudaram a cor da água no ritmo da música que estava tocando.

Rory olhou para a fonte e quando viu as várias criaturas aquáticas brincando na piscina azul cristalina, ofegou.

— Zhim mora no edifício mais alto do distrito. — Galen acenou com a cabeça para a torre de vidro à frente. — Na cobertura.

O prédio era feito de vidro escuro e esfumaçado com uma base larga que se estreitava no topo a uma ponta.

Eles entraram no prédio e após uma rápida conversa com a segurança, entraram em uma bolha de vidro na parede.

— Uau. Elevador legal. — Rory estava observando o brilho neon dos controles que apareciam no vidro.

Galen tocou nas teclas, e eles subiram suavemente. A luz inundava o pequeno espaço. A bolha subiu pela parte externa do prédio, oferecendo uma vista deslumbrante do distrito. Rory ofegou e, sem medo, se aproximou do vidro. Ela riu com alegria óbvia.

Isso fez Kace se lembrar de que ela foi mantida em uma cela por muito tempo. O homem foi tomado pela raiva. Ele odiava qualquer ser que machucasse quem não eram tão fortes quanto eles.

A velocidade do elevador e a vista estonteante não incomodaram Kace, mas ele puxou Rory para trás. Ele não a queria muito perto daquela parede de vidro.

Finalmente, o elevador diminuiu a velocidade e as portas se abriram. Eles saíram para um amplo terraço. Uma brisa os atingiu, despenteando os cachos ruivos de Rory.

— Essa é uma vista pela qual vale pagar. — Ela se moveu em direção ao corrimão. Kace teve que admitir que Zhim realmente tinha uma bela vista.

Lá no alto, era possível ver além dos limites da cidade e o deserto se estendia ao longe. A areia fosca dominava, mas à distância, ele podia ver um pedaço de grandes dunas de areia branca que sabia ser uma espécie de lago seco. À esquerda, apenas uma mancha escura no horizonte, estavam as montanhas Crixis – uma estranha mistura de planaltos achatados e pontas irregulares de rocha.

— Bem-vindos ao meu domínio — disse uma voz masculina profunda.

CAPÍTULO TRÊS

O comerciante de informações caminhou em direção a eles. Era alto e tinha um corpo firme, embora pesasse bem menos que os gladiadores. Um largo sorriso cobria o rosto cheio de ângulos e olhos que se inclinavam para os lados.

Zhim usava camisa branca e calças elegantes, as quais Kace não usaria nem morto. Seus pés estavam descalços.

— Então... — Zhim se adiantou e seus estranhos olhos multicoloridos se concentraram em Rory — você é Aurora Shannon Fraser, da Terra.

Ele estendeu a mão, como se fosse tocá-la.

Kace segurou o pulso do homem. Zhim se acalmou, depois virou a mão e sorriu, como se Kace tivesse lhe contado uma história interessante.

— Me chame de Aurora de novo, e vou bater em você — Rory falou em um tom amigável, alinhado com dentes muito afiados.

Raiden bufou, e Kace teve que lutar para esconder o sorriso.

— Linda e cheia de atitude. — Zhim inclinou a cabeça e uma mecha de seu cabelo comprido e escuro escapou do laço que o prendia na nuca. — Fascinante.

— Não estou aqui para fasciná-lo, sr. Zhim. Estou aqui para perguntar sobre minha amiga.

— Venha, venha. — Ele acenou para alguns sofás que estavam dispostos no terraço. Uma bela mulher com longos cabelos platinados e usando um vestido rosa esvoaçante saiu pelas grandes portas abertas, carregando uma bandeja de bebidas. Ela colocou-a sobre a mesa e saiu depressa sem dizer nada.

Zhim se acomodou em um sofá, recostando nas almofadas como um rei em seu palácio.

— Então você está procurando por Madeline Renee Cochran. Comandante da Estação Espacial Fortuna.

Como sempre, Kace se perguntou de onde Zhim conseguia suas informações.

Rory se sentou na beirada de um sofá.

— Sim. Você soube de alguma coisa?

Zhim deu de ombros e pegou um pequeno vidro da cor de uma joia. Ele acenou para a bandeja.

— Por favor, sirvam-se. É feito com o suco da fruta tuava. Caro e saboroso.

Os gladiadores não se moveram, mas Kace observou Rory dar de ombros. Ela pegou uma das bebidas, cheirou e depois tomou um gole.

— Me dói dizer isso... — uma carranca infeliz cruzou as feições do homem —, mas não tenho informações sobre a localização da srta. Cochran.

Os ombros de Rory caíram. Kace se aproximou, reprimindo o desejo de tocá-la.

— Então por que estamos aqui? — Rory colocou o copo de volta na bandeja. — Me disseram que você é o rei da informação. Que você é um mestre em encontrá-las e vendê-las. — Ela fungou. — Acho que tudo isso é um exagero.

Zhim se endireitou, e Kace reprimiu outro sorriso. Os olhos do comerciante semicerraram. Ele claramente não gostava de não ter as informações.

— Rory — Zhim falou devagar —, se a informação estivesse disponível, eu a teria.

Ela se inclinou para frente.

— Madeline está aqui em Carthago, em algum lugar. Eu a vi na cela ao lado da minha na Casa de Thrax. Alguém sabe onde ela está. Eles claramente têm as informações e você, não.

A boca de Zhim se abriu e depois se fechou.

Rory colocou uma mecha de cabelo vermelho atrás da orelha.

— Isso me parece uma perda de tempo. Acho que teremos melhor sorte se o Galen perguntar por aí. Ou se o Raiden, o Kace e os outros vasculharem a cidade...

— Vou encontrá-la — Zhim grunhiu.

Rory ergueu a mão, olhando para suas unhas.

— Vou acreditar quando vir.

Kace não conseguia mais controlar o sorriso. Ele olhou para Raiden e Galen. Raiden tinha um sorriso enorme no rosto, e até os lábios de Galen formaram um sorriso.

— Corajosa. — Zhim tomou sua bebida e colocou o copo de volta no lugar. — Gosto disso.

Kace sentiu sua mandíbula ficar tensa. Um brilho

apareceu nos olhos multicoloridos de Zhim. Ele olhou para Rory como se ela fosse um doce raro e caro. A mão de Kace se fechou.

— Você vai acessar suas redes estendidas? — Galen perguntou.

— Vai custar caro.

— Sempre custa — Galen retrucou.

Zhim olhou para Rory.

— Posso te dar um desconto por me trazer uma garota bonita para conversar.

Kace se inclinou para frente, mas Rory bateu com a mão em seu peito. Ela deu um sorriso doce para Zhim.

— E eu posso te dar um soco no nariz.

As cores verde-azuladas dos olhos de Zhim cintilaram, e Kace balançou a cabeça. O cara estava gostando disso.

Rory se levantou.

— Bem, Zhim, foi... interessante.

— Eu concordo, de todo o coração. — O comerciante de informações se levantou e a brisa fez sua camisa ondular. — Espero que você volte e me visite novamente... Aurora.

Rory se moveu rápido, dando um soco no estômago de Zhim. Ele se inclinou e grunhiu.

— Eu avisei — ela disse.

Zhim sorriu.

— Valeu a pena.

Rory balançou a cabeça. Enquanto eles voltavam para o elevador, Kace pôde ouvir Zhim rindo. As portas do elevador se fecharam e a bolha começou a descer.

— Eu o odeio — Kace murmurou.

— Ele irrita todo mundo — Galen disse.

— Não me importei com ele — Rory falou.

Kace olhou para ela.

— Você *gostou* dele?

Ela deu de ombros.

— Ele é irritante, mas posso dizer que é inteligente, embora um pouco louco. Eu não me importo com isso.

Kace sabia que ninguém jamais o descreveria como louco. Ele franziu a testa para ela.

— Esse é o tipo de homem que você gosta?

Seus olhos encontraram os dele por um segundo.

— Eu não tenho um tipo, garoto bonito. — Ela cruzou os braços e deixou seu olhar vagar pelo corpo dele. — Sou uma garota que não discrimina ninguém.

Kace piscou e ouviu a risada de Raiden.

Rory se voltou para Galen.

— Você tem certeza de que ele encontrará as informações para rastrear Madeline?

— Ele é a nossa melhor aposta — o imperador respondeu.

O elevador diminuiu a velocidade e as portas se abriram.

— Muito bem, vamos voltar para a Casa de Galen. — Os olhos azul-gelo de Galen brilharam. — Também posso contatar outras pessoas, mas estou ficando sem opções. Os Thraxianos esconderam muito bem Madeline.

O desespero passou pelo rosto de Rory antes que ela se recompusesse.

Raiden e Galen empurraram as portas e saíram. Kace

seguiu com Rory. Por hábito, ele examinou a rua. Havia muitas pessoas e muitos transportes. Sentindo-se repentinamente inquieto, ele ficou mais perto dela.

De repente, ela parou e segurou seu braço.

— Eu realmente não tenho um tipo, mas tenho que dizer que, de repente, um gladiador grande, forte e ligeiramente tenso está mexendo comigo.

Ele se sentiu como se tivesse levado um soco no peito.

— Rory...

Ela se aproximou mais e, naquele segundo, um projétil passou zunindo por sua cabeça. Atingiu a janela atrás deles, quebrando o vidro.

Kace se moveu, empurrando-a. Eles rolaram pela calçada.

Mais tiros atingiram o chão ao redor deles. *Drak!*

Ele puxou Rory para seus braços, levantou-a do chão e saltou. Correu com toda a velocidade que podia.

Mais projéteis dispararam e mais vidro se estilhaçou ao redor deles. Rory enterrou a cabeça em seu peito. Ele sentiu um golpe forte na lateral do corpo e estremeceu. *Drak*, ele foi atingido. Ignorando o ferimento, continuou correndo.

Ele ouviu pessoas gritarem e o barulho dos motores de transporte.

— Kace! — Raiden gritou.

Raiden e Galen os acompanharam. Galen tinha um escudo de energia gerado a partir de uma faixa metálica em seu pulso. Ele deu um passo à frente. Mais tiros foram dados, se desintegrando ao atingir a grande barreira azul.

— Entre no cassino mais próximo — Galen gritou.

Todos seguiram até lá, subiram alguns degraus e

entraram pela porta da frente do cassino. Lá dentro, havia uma confusão de pessoas segurando bebidas espumantes e amontoadas ao redor das mesas, jogando cartas e jogos de holograma.

Kace colocou Rory no chão.

— Você está bem? Foi atingida?

Ela balançou a cabeça e empurrou o cabelo para trás.

— Estou bem. Ah, meu Deus, você está sangrando. Você levou um *tiro*?

Ele sentiu o sangue quente escorrer pela parte inferior das costas, encharcando sua calça.

— Continue. Primeiro, precisamos colocá-la em segurança. — Eles precisavam voltar para a Casa de Galen. Rápido.

— Continuar? — A voz dela se elevou. — O que quer dizer com *isso*? Você levou um tiro. — Ela se moveu para levantar sua camisa.

Ele segurou as mãos dela.

— Rory, sou antariano. Temos alta tolerância à dor e podemos manipular nossos corpos. Eu diminuí o fluxo de sangue para a ferida e amorteci a dor.

Ela arqueou as sobrancelhas.

— Você pode fazer isso?

Ele assentiu e a virou.

— Vamos. Precisamos ir. — Kace podia ver que Galen e Raiden já estavam avaliando a melhor saída. Eles atraíram certa atenção, mas a maioria das pessoas na sala parecia estar muito mais interessada em jogar.

— Meu Deus, parece que alguém vomitou um arco-íris sobre o lugar. — Rory estremeceu.

O cassino era muito colorido. Ele viu as paredes

pintadas em diferentes tons brilhantes e o teto era um redemoinho de cores. Garçons altos e esguios caminhavam no meio da multidão, equilibrando grandes bandejas de bebidas e usando uniformes em tons de pink, azul e amarelo.

— Por aqui — Galen disse com um aceno de cabeça.

Kace pegou Rory novamente e se moveu no meio da multidão.

— Kace, eu posso andar! Você está ferido.

— Shh. — Ele apertou os braços ao seu redor. Ninguém a pegaria novamente.

— Você é tão teimoso. — Ela se remexeu nos braços dele e rasgou uma tira de tecido da barra da camisa. Em seguida, o dobrou e pressionou contra a ferida que sangrava em suas costas. — Não me importo se você pode diminuir o sangramento e fazer parar de doer. Você quer sangrar até a morte apenas para provar o quanto é durão. Típico de homem.

Ela tocou em seu ferimento com gentileza, e Kace lutou contra uma onda de emoções conflitantes. Ninguém jamais cuidou dele quando foi ferido. Claro, eles o jogavam em um tanque de regeneração no departamento médico, mas ele era um soldado antariano feroz. As crianças de Antar nunca eram mimadas – nada de abraços, nem ninguém para se preocupar com joelhos arranhados ou para ajudar a aliviar a dor.

— Não há necessidade...

— Cale a boca — ela retrucou.

Confuso, Kace obedeceu e se concentrou em tirá-la de lá. Enquanto passavam pela multidão, ele observou Rory absorver tudo. As mesas lotadas com jogos holográficos projetados no ar, máquinas com luzes piscando e a música estridente com jogadores alinhados em três níveis para uma rodada.

— Bem, isso não são mesas de blackjack e máquinas de pôquer — Rory comentou —, mas este lugar se parece muito com os cassinos da Terra.

Eles passaram por um alienígena Robinid sendo carregado em uma liteira dourada por quatro humanoides gigantes. A boca de Rory se abriu. A pele do Robinid era de um azul profundo, sua cabeça era muito grande e ele tinha vários tentáculos.

— Bem, não exatamente como a Terra — ela murmurou.

Eles contornaram uma pista onde uma multidão de pessoas estava dançando e pulando ao som da música ensurdecedora. Os dançarinos se esfregavam uns contra os outros, alguns se beijando e se acariciando.

Esse era o distrito. O que você quisesse, quando quisesse e exatamente onde estivesse.

Logo, eles estavam saindo da área principal do cassino para um corredor. Galen acenou para que eles passassem por uma porta e entrassem na cozinha.

— Caramba — Rory murmurou.

Vários trabalhadores e chefs se movimentavam ao redor das mesas compridas e o vapor subia das bancadas. Um chef mexeu em uma grande panela e chamas azuis dispararam no ar. Mas Rory estava olhando para o enorme tanque preso em uma parede. Lá dentro, todos os tipos de criaturas aquáticas nadavam preguiçosamente. Alguns maiores do que a própria Rory.

— A clientela paga muito bem para ter tudo sempre fresco — ele explicou.

Eles chegaram a uma entrada dos fundos e saíram em um beco estreito. Galen e Raiden estavam tensos e alertas.

Kace inclinou a cabeça, olhando para os telhados.

— Não gosto disso. — Havia muitos lugares para um atirador.

— Eu também não — Galen disse com uma carranca. — Vamos ser rápidos.

Essa parte do distrito não era tão bonita. Havia vários recipientes de lixo industrial transbordando e o mal cheiro podre e úmido queimava as narinas de Kace. Eles correram pelo beco. Ele não ficaria feliz até que estivessem dentro das paredes da arena.

De repente, projéteis se chocaram contra a parede atrás deles. Kace curvou seu corpo sobre o de Rory, ouvindo seu gemido. Ele correu para se proteger, vendo Galen e Raiden na frente.

O laser verde iluminou o beco e guardas vestidos com uniformes pretos os cercaram. Homens e mulheres com rosto de pedra dispararam suas pistolas laser em direção à localização do atirador no telhado.

Mas que drak é essa? Kace se endireitou, olhando para os desconhecidos que os estavam ajudando.

— Senhor, o atirador se foi — uma guarda disse, olhando além do ombro de Kace.

Ele se virou. Um homem vestido com um terno preto e camisa branca estava caminhando na direção deles. Seu cabelo preto roçava nos ombros. Com passos largos e um brilho suave de elegância, o homem deveria parecer estar no lugar errado no beco sujo. Kace sentiu que a iluminação escondia algo que o fazia parecer estar no lugar certo.

— Rillian. — Galen deu um passo à frente. — Seu timing é impecável.

— Ouvi dizer que você teve alguns problemas, Galen — disse o dono do cassino mais exclusivo do Distrito – o Dark Nebula. — Pensei em vir para ver se você precisava de ajuda.

— Obrigado — Galen disse.

Os olhos negros de Rillian encararam Rory.

— Outra de suas mulheres da Terra, presumo.

— Meu nome é Rory — ela disse, com um tom afiado. — E eu pertenço a mim.

Os lábios do homem se contraíram, e ele inclinou a cabeça enquanto seu olhar curioso percorria o cabelo ruivo dela.

— Prazer, Rory.

Kace apertou seu controle sobre ela.

— Precisamos colocá-la em segurança.

— Minha equipe irá acompanhá-los até a casa de Galen. — Rillian olhou para Rory novamente. — Se tiver interesse em visitar o Distrito, Rory, meu cassino está sempre aberto.

Antes que ela pudesse responder, Kace a afastou.

— Acho que ela já teve o suficiente do Distrito hoje.

Com a equipe de segurança bem treinada de Rillian os acompanhando, Kace e os outros seguiram para fora distrito e para as ruas secundárias da cidade velha de Kor

Magna. Era aqui que a maioria dos residentes da cidade vivia, trabalhava e jogava. A maioria dos moradores evitava o Distrito como a peste Nooviana.

Quando ele viu as paredes de pedra da arena se erguendo acima deles, Kace sentiu a primeira pontada de alívio. A equipe de Rillian os deixou na entrada da arena, e Kace seguiu Galen e Raiden enquanto percorriam os túneis. Só depois de passarem pelos guardas e pelas enormes portas duplas da Casa de Galen, ele se permitiu realmente relaxar.

Ela estava segura.

Eles foram direto para a sala de estar e Kace acomodou Rory em um dos sofás. Então, ele passou a mão em seus braços e nas laterais do seu corpo, verificando se havia algum ferimento. Ele não viu sangue nem hematomas.

— Quer verificar meus dentes também? — Seu tom era tão seco quanto o deserto.

Ele a ignorou. Viu manchas de sangue na barra da blusa e franziu o cenho.

— O que é esse sangue?

Ele puxou a barra rasgada da camiseta. Quando deu um tapa em suas mãos, ele segurou os pulsos dela com uma mão só.

A pele da barriga estava coberta por uma dúzia de pequenos cortes.

— Foi só alguns vidros das janelas quebradas. Não é nada.

Harper entrou correndo na sala.

— O que aconteceu?

— Fomos atacados — Raiden disse. — Alguém atirou em nós quando estávamos saindo do prédio de Zhim.

Regan entrou apressada logo em seguida, segurando um pequeno kit de primeiros socorros.

— Está todo mundo bem?

Kace pegou o kit e tirou um tubo de gel medicinal de dentro. Esfregou um pouco nos cortes de Rory.

Os dois ficaram parados por um segundo. Então ele continuou alisando o gel na pele macia.

— Ai!

— Não é ruim — ele falou.

— Para você. — Ela franziu a testa para ele. — Olha, é você quem está com uma bala alojada nas costas. Você precisa de ajuda médica, não eu.

— Kace? — Galen chamou. — Você está ferido?

— Estou ciente dos limites do meu corpo, G. Já estou trabalhando para expelir o projétil.

— E quem atirou em vocês? — Harper perguntou.

— Não sabemos. — O tom de Galen ficou gelado. Sua raiva era como uma lâmina.

— Os tiros vieram do prédio do outro lado da rua onde estávamos — Kace explicou. Ele havia gravado instintivamente tudo o que podia sobre a situação.

Galen assentiu.

— Já enviei Lore e Nero para darem uma olhada.

— Deve ser alguém com uma rixa contra a Casa de Galen — Rory comentou.

— Rixa? — Raiden perguntou, franzindo a testa.

Rory acenou com a mão.

— Um problema ou um rancor?

— Não — Kace respondeu.

Ele sentiu todos o encarando.

Rory se inclinou para frente.

— O que você quer dizer?

Ele sustentou seu olhar.

— Quem quer que tenha atirado em nós, estava mirando em você.

CAPÍTULO QUATRO

Rory deu dois passos, sentindo a areia se mover debaixo dos seus pés, e balançou a espada.

O barulho do metal ecoou no ar ao seu redor, e ela sentiu o golpe reverberar em seus braços. *Droga*, Harper lhe deu um soco.

A ruiva deu um passo para trás, deixando a espada cair. Seus braços estavam muito cansados. Ela passou o braço pelo rosto suado.

— Vamos, Rory. *Concentre-se* — Harper falou.

Cerrando os dentes, Rory ergueu a espada e atacou novamente. Elas estavam treinando há algumas horas, e ela estava determinada a dominar aquele tipo de luta.

Elas se moveram pela areia da arena de treinamento. O som das espadas foi pontuado por seus grunhidos roucos. Um segundo depois, Harper brandiu uma de suas espadas com força. O golpe arrancou a arma de Rory da sua mão.

A espada de treinamento pousou no chão perto de

alguns bonecos de *sparring* e Rory soltou um som frustrado. A frustração era sua companheira constante.

— Droga, Harper. Você usa duas espadas como uma profissional, e eu não consigo nem segurar uma.

Harper guardou as armas na bainha presa junto ao quadril.

— Tenho treinado com elas minha vida inteira. Além disso, nos últimos meses, tive uma lição bastante intensa e avançada. Dê tempo ao tempo. Você é forte e esforçada, vai conseguir. — Sua amiga se aproximou, passando a mão pelo seu ombro com gentileza. — Mas isso não é sobre a arma, é?

Rory concordou. O dia foi cheio de perguntas e nenhuma resposta.

— Você teve um dia muito difícil hoje — Harper falou. — Dê um tempo.

— Sim. — Mas as emoções agitadas em seu estômago a deixavam quente e com raiva. Com um grunhido, Rory caminhou até o boneco de *sparring* mais próximo e o chutou.

Não foi suficiente. Ela chutou de novo. *Chute. Chute. Soco.*

— Ahh! — Deu um forte chute circular que fez o manequim balançar.

Harper parou ao seu lado com os braços cruzados.

— Quer falar sobre isso?

RORY GIROU, levantando as mãos para prendê-las atrás da cabeça.

— Por onde começo? Ainda estou me ajustando à

42

vida em um novo planeta. Sinto saudades da minha família. Alguém está tentando me matar. Não paro de imaginar a Madeline em alguma casa de horrores. — Rory apertou as mãos, afastando as memórias. — E estou desejando um gladiador tenso.

Harper abriu a boca e a fechou novamente.

Rory se virou e deu outro chute no boneco.

— Então...o Kace? — Harper perguntou.

— Preciso de um gladiador grande e mandão como preciso de um buraco na cabeça.

— Ele é um bom homem.

— Sim, mas ele também é um militar estruturado. Você já viu como ele avalia tudo? Ele nunca simplesmente reage.

— É isso que o torna tão bom na arena. — Harper ficou na frente de Rory, atraindo toda a atenção da amiga. — Como eu disse, um bom homem, e acho que ele poderia aproveitar um pouco de agitação.

Rory fez uma pausa. Ela conhecia Harper muito bem e ouviu o que sua amiga não estava dizendo.

— Mas?

— Ele está aqui temporariamente, Rory. Vai ficar por dois anos e já cumpriu seis meses. Assim que terminar de aprimorar suas habilidades na arena, vai voltar ao serviço militar. O Raiden me disse que o planeta de Kace, Antar, é dedicado à vida militar. Eles criam seu povo para isso. Para eles, é tudo uma questão de dever, honra e proteção de seu mundo.

Rory podia ver o dever, a honra e a necessidade de proteção nele. Droga, ela achava isso admirável.

— Não quero me casar com o cara, Harper.

— Eu sei. Mas não quero que você se machuque mais do que já se machucou.

Em um instante, todo o espírito de luta deixou Rory. Ela foi até a amiga e lhe deu um abraço.

— Estou tão feliz por você estar aqui. E a Regan também. — Ela ergueu a cabeça e olhou em volta. — Falando nisso, onde ela está? Achei que estivesse te importunado para ensiná-la a lutar.

Harper bufou.

— Nós duas sabemos que ela seria tão boa com a espada quanto é com as cartas.

Rory sorriu. Sua doce prima carecia de instinto assassino. Mesmo quando criança, Regan estava sempre cultivando plantas e resgatando insetos. Ela não conseguia nem matar uma mosca.

— De qualquer forma, vi o Thorin arrastá-la. — Harper balançou as sobrancelhas. — Já dá para imaginar o que vão fazer.

Rory balançou a cabeça. Para ela, Thorin e Regan eram como a bela e a fera. Mas eles se encaixavam, e Rory nunca viu Regan tão feliz como agora. Seus pais rígidos fizeram da vida da prima um inferno e mal demonstravam qualquer afeto por ela. Rory não podia argumentar que o grande alienígena Thorin deu um banho de amor em Regan.

Soltando um longo suspiro, ela olhou para a areia. Enquanto Harper e Regan estavam transando e Rory sonhava com isso, Madeline estava sofrendo. Algo sobre essa situação parecia muito errado.

— Vamos encontrar a Madeline. — Harper segurou o ombro de Rory e o apertou. — Onde quer que ela esteja, não a deixaremos lá. — Ela olhou por cima do ombro. — Parece que o seu gladiador sexy e tenso encontrou você.

Rory levantou a cabeça e viu Kace caminhando na direção delas.

Ele tinha uma postura muito correta e era alto. Como de costume, usava uma bela proteção de couro sobre um ombro, deixando todo o resto dos seus músculos em exibição. Rory nunca se cansava de olhar para ele. O homem era definido.

Ela queria derrubá-lo, pular em cima dele e lamber cada cume definido em seu peito duro. Queria ouvir seus gemidos de prazer.

Droga. Ela se remexeu, sentindo uma onda de umidade entre as pernas. *Agora não, Rory.*

— Quer fazer treinamento de bastão? — Kace perguntou.

Rory apoiou todo seu peso em uma perna.

— Bom dia para você também. Vou bem, obrigada. Assim como a Harper.

Kace franziu a testa para ela.

Harper tossiu, embora Rory tivesse certeza de que a outra mulher estava escondendo uma risada.

— Já terminamos. — Ela lançou um olhar para Rory. — Faça o que te faz feliz. Precisamos de um pouco de prazer para ajudar a lidar com toda essa porcaria.

Quando Harper saiu, Rory se viu parada ali com Kace.

— O que a Harper quis dizer? — Kace perguntou.

— Nada. Bem, vamos lá.

Ele a conduziu até o suporte de armas na extremidade da arena de treinamento.

— Alguém tentou te machucar. Você precisa se concentrar em se proteger.

Suas palavras soaram preocupadas. Eles se moveram pela tela. Havia escudos, adagas, espadas e redes. E algumas coisas que ela não reconheceu.

— Quem faz tudo isso?

— O Galen tem um fabricante de armas na equipe — Kace explicou. — Ele faz algumas armas novas e conserta as que já temos. Também há um mestre fabricante aqui em Kor Magna que vende para todas as casas.

Rory passou a mão pelo cabo de uma espada longa.

— Alguma notícia sobre Madeline?

— Não.

Ela bufou.

— O Galen descobriu quem atirou em nós?

— Não. No momento em que Lore e Nero chegaram ao local, o atirador já havia partido e não deixou nada para trás. Analisamos o projétil que me atingiu. Era genérico, sem características de identificação.

— Você está bem?

Ele assentiu.

— Totalmente curado. — Ele inclinou a cabeça. — Conseguiu dormir na noite passada?

— Um pouco. — Não muito. Não com as memórias daqueles projéteis sendo atirados em sua direção adicionadas a seus pesadelos. Ela passou a mão pelo cabelo. — Quem fez isso não pode estar atrás de mim. Por que me matar?

— Não sei. Mas seja quem for, não terá outra chance. — A voz de Kace era dura e inflexível.

Rory sentiu algo em seu peito amolecer. Ela estava

acostumada a lutar suas próprias batalhas, mas, Deus, era bom saber que alguém estava cuidando dela.

Kace pegou um bastão menor da prateleira.

— Eu trouxe isso para cá mais cedo. É do tamanho certo para você.

Ele tinha encontrado um bastão para ela. Ela pegou a arma, pesando-a nas mãos. Era feita de um metal liso e brilhante, semelhante ao bastão de Kace. Era mais leve do que ela imaginava e parecia certo para ela. Enquanto se movia, a luz da manhã refletiu as escrituras no metal.

— É a escrita antariana — ele falou. — Os encantamentos de um guerreiro. — Ele ergueu seu próprio bastão. Havia marcas semelhantes gravadas em sua arma. — Com tudo o que está acontecendo, é muito importante que você possa se defender.

Ela assentiu.

— Sou muito boa no corpo a corpo...

— É melhor se você não chegar tão perto. Você é menor e não é tão forte fisicamente quanto todas as espécies alienígenas daqui.

— Está me chamando de pequena e fraca?

Um leve sorriso moveu seus lábios.

— Fraca não é uma palavra que me vem à cabeça quando penso em você.

— Você pensa de mim? — Ela o observou com firmeza.

Algo cintilou em seus olhos azuis, mas ele se endireitou.

— Venha, vamos fazer alguns movimentos básicos com o bastão.

Ela soltou um suspiro e assentiu. Eles se moveram para o centro da arena e encontraram um espaço na areia.

Kace começou a girar seu bastão no ar com movimentos confiantes e letais. Com certeza, ele não era elegante, havia muita disciplina e poder em seus movimentos. Observá-lo era fácil. Ele era um homem forte e atlético à vontade com seu corpo e força.

Rory se posicionou ao lado dele e tentou imitar seus movimentos. Ela balançou o bastão, cortando o ar.

Ela fez algumas caretas, tentando fazer os movimentos certos. Ele acrescentou alguns passos e algumas novas oscilações aos movimentos. Seu rosto estava composto, calmo e intocado por tudo ao seu redor. O soldado perfeito.

Rory queria uma reação. Queria ver a paixão que tinha certeza de que ele estava escondendo sob a fachada fria.

— Certo, bom — ele disse. — Acho que você entendeu os movimentos. Vamos tentar uma luta básica.

Eles se encararam e quando Kace avançou com um golpe, ela se aproximou para contra-atacar.

Ele mostrou a ela como colocar os movimentos básicos em ação. Ela podia ver que ele estava se contendo. Demoraria um pouco até que ela pudesse realmente treinar com o bastão.

Mas isso não significava que manteria as coisas fáceis.

Observando a maneira como ele se movia e atacava, ela se arriscou, passando por baixo do seu braço. Ela se aproximou e golpeou a lateral do corpo dele.

Kace grunhiu.

Ela deu um passo para trás, sorrindo.

— Consegui.

Ele franziu a testa para ela.

— Essa não foi uma boa jogada.

— Mas eu acertei. Às vezes, você precisa fazer o inesperado, Kace.

Sua carranca se aprofundou, mas ele gesticulou para que ela viesse em sua direção novamente. Eles lutaram mais um pouco e, de vez em quando, ela fazia um de seus movimentos inesperados, se aproximando e acertando-o com o cotovelo ou um chute na perna.

Muitas vezes, ela apenas observava. Ele usava o bastão como se fosse uma extensão de seu corpo. Deus, ela poderia ficar o dia todo vendo o homem fazer aquilo.

No próximo golpe, ela girou atrás dele e beliscou sua bunda.

Quando ela se afastou rindo, Kace girou e a olhou com raiva. O olhar em seu rosto afrouxou o nó de tensão em Rory.

— Você é indisciplinada — ele retrucou.

— Sim.

— Continuaremos até que você desenvolva um pouco de autocontrole.

Ela deu outra risada.

— Podemos ficar aqui por um tempo.

Ele se lançou sobre ela, que mal levantou seu bastão a tempo de bloquear o golpe. Ela girou para longe e se aproximou de novo. As batidas metálicas dos bastões ecoavam pela arena.

— Bom — Kace falou. — Mantenha o cotovelo levantado.

Seu elogio a fez se mover com mais força. Ela ficou

debaixo do braço de Kace e deslizou seu corpo contra o dele. Ia tentar outro golpe, mas ele já estava girando para encará-la.

Rory saltou para trás. Mais três ataques, os dois se movendo pela areia. Quando ela chegou perto novamente, deslizou seu bastão pela lateral de Kace até que seu corpo se chocou contra o dele – a parte da frente do seu corpo ficou colada no abdômen duro como pedra e no peito suado.

Kace a girou tão rápido que ela mal percebeu. Ele a prendeu contra si com o bastão, pressionando o peito contra as costas dela. Seu bastão ficou apoiado em suas costelas e ela perdeu o fôlego.

— Sou um gladiador, Rory. E um soldado. É melhor não me provocar. — Seu hálito quente acariciou a orelha dela.

Ela inclinou a cabeça para trás para olhar para ele.

— E se eu quiser?

Os olhos azuis brilharam com um desejo tão forte e potente que a deixou fraca.

— Rory? Kace? — A voz profunda de Galen cortou a arena de treinamento.

Eles ficaram juntos por mais um segundo antes de Kace soltá-la. Rory piscou, sentindo falta do contato imediatamente. Ele mexia com sua cabeça e hormônios.

O imperador parou a poucos metros deles, e seu rosto estava sério como de costume.

— Tenho notícias de Zhim.

CAPÍTULO CINCO

Quando eles entraram na sala de estar, Kace viu que todos os outros já estavam lá, sentados ao redor da mesa. Ele conduziu Rory com a mão na parte inferior de suas costas até uma cadeira. Apenas aquele pequeno contato fez sua mandíbula apertar.

Ele estava se sentindo nervoso e não conseguia encontrar sua calma habitual. Queria culpar o ataque, mas sabia que estava se sentindo assim desde o momento em que resgatou Rory da Casa de Vorn.

Na arena de treinamento, seus toques provocadores, os esbarrões em seu corpo magro e forte... ela o estava deixando louco. Ele nunca conheceu ninguém como Rory Fraser antes.

Galen se virou para uma tela na parede e, um segundo depois, ela ganhou vida. O rosto de Zhim apareceu. O vendedor de informações estava inclinado para a câmera e, atrás dele, a sala estava abarrotada de com imagens e textos. As telas não pareciam estar em qualquer tipo de ordem e eram de tamanhos diferentes.

Aquilo irritou Kace. Este era claramente o santuário interno de Zhim.

— Bem — o comerciante de informações começou —, não há contratos firmados quanto a vida de Rory.

Kace soltou um suspiro. Isso não o fez se sentir melhor. Preferia um inimigo que ele conhecesse. Um inimigo do qual ele poderia protegê-la.

— E no começo, não havia nada a respeito de Madeline Cochran. — Zhim se recostou. — Achei que talvez ela nem fosse real. Mas agora, ela está em toda parte.

Kace franziu o cenho. Ele olhou para seus colegas gladiadores e viu que todos estavam carrancudos também. Rory estava sentada ereta, observando Zhim atentamente e prendendo a respiração.

— O que você quer dizer? — Galen perguntou.

— Há um pouco de informação aqui — Zhim balançou a mão — e um pouco ali — outro meneio — tem notícias de Madeline por toda parte.

Rory bateu com o punho na mesa.

— Fale logo e pare com a arrogância.

Zhim se concentrou nela e sua expressão ficou séria.

— Recebo relatórios de toda a cidade. Ela foi vista nos mercados, no distrito, nas ruas secundárias da cidade... e isso só para citar alguns lugares.

— Relatórios confiáveis? — Kace perguntou.

— Sim, mas algo não está certo. — Os olhos coloridos de Zhim se aguçaram. — Alguém está jogando conosco. O que posso dizer é que todos esses relatórios vêm de fontes confiáveis.

— Talvez alguém esteja pagando a essas pessoas mais do que você paga — Raiden sugeriu.

O tom de Zhim ficou mais sombrio e o brilho de loucura desapareceu.

— Meus informantes não iriam me contrariar.

Pela primeira vez desde que conheceu o homem, Kace viu algo perigoso nos olhos do comerciante de informações.

— Certo — Galen interveio. — Envie-nos os locais e nós iremos verificá-los.

— Muito bem. — Zhim acenou com a cabeça e a tela se apagou.

Um momento depois, Galen olhou para uma pequena tela portátil que tinha sobre a mesa.

— Aqui está. — Ele leu a lista e grunhiu. — Sugiro que nos separemos e cada um escolha um local. Descubram se alguém realmente viu Madeline e com quem ela estava. Harper e Raiden, dirijam-se aos mercados. Saff e Kace....

— Eu vou com a Rory. — Kace não percebeu que ia dizer isso até que as palavras saíram, mas ele sabia que Rory não iria querer ficar para trás. E se ela fosse sair da Casa de Galen, seria com ele.

Um músculo pulsou na bochecha de Galen.

— É melhor que a Rory não saia daqui...

Ela se levantou de forma abrupta.

— É da minha colega que estamos falando. Preciso ajudar a encontrá-la. E não vou ficar presa como um animal em uma gaiola. — Ela se sentou com as mãos nos braços da cadeira. — Já fui enjaulada, acorrentada, presa... não me importo se alguém atirar em mim de novo, contanto que eu esteja livre.

Galen olhou para ela.

— Certo. Kace e Rory, vocês irão para a loja de Aran na arena principal.

— Aran? — Rory perguntou.

— O mestre fabricante de armas da arena — Kace disse a ela.

— Thorin e Saff, vão para o Distrito... — Galen olhou para a tela novamente — para o Dragon Star Casino. Nero e Lore, vocês precisam descer para as áreas de descanso dos trabalhadores da arena.

Todos se moveram para sair. Kace pegou seu bastão de onde o havia apoiado contra a parede e se virou para Rory.

— Pronta?

Ela se endireitou.

— Sim.

Ele caminhou até um armário e pegou uma capa vermelha e cinza.

— Sugiro que você use isso. O símbolo da Casa de Galen te dará certa proteção. — E cobriria aqueles ombros e braços nus que o estavam deixando louco. Sem mencionar a forma como a calça de couro abraçava as curvas suaves de seu traseiro.

Ela assentiu e lhe deu as costas. Levantou o cabelo, revelando o pescoço fino. Ele olhou para a pele clara e macia e o vermelho vibrante de seu cabelo. Suas mãos coçaram para tocá-la.

Você não está aqui para tocar, Tameron. Ele prendeu a capa, deixando o tecido cair ao redor de seu corpo.

Momentos depois, eles estavam entrando nos túneis. Não iriam muito longe, e Kace suspeitava fortemente que era por isso que Galen havia selecionado a loja do mestre de armas para Rory verificar. Ele tinha lojas fora da arena principal.

Os mercados de Kor Magna ofereciam muitas das coisas que os gladiadores precisavam na arena. Mas quando eles queriam as melhores armas – as melhores espadas, os bastões mais fortes, os machados mais afiados – procuravam Aran.

Enquanto eles entravam, Rory ergueu as sobrancelhas.

— Uau.

Todo o espaço estava repleto de espadas, bastões e várias outras armas. Estavam alinhados nas paredes, guardados em prateleiras e armários.

— Aran é conhecido como o fabricante das melhores armas deste sistema. Ele vende para as casas de gladiadores e para estrangeiros.

Ela caminhou até uma prateleira de espadas e tocou os cabos de metal.

— São lindas.

Algumas eram quase obras de arte, enquanto outras eram simples e utilitárias, sem pretensão de ser nada exceto armas perigosas.

Quando Rory tocou na espada no final, sua lâmina brilhou e ela afastou a mão.

Kace se aproximou dela.

— A lâmina é aprimorada com tecnologia. Máquinas pequenas...

— Nanotecnologia. — Seu olhar se aguçou. — O que ela faz?

— Protege o metal. Limpa e repara. Armas aprimoradas como essas não são permitidas na arena.

Uma cortina nos fundos da loja se abriu e um homem alto de pele escura saiu de lá. Ele se endireitou e seu olhar dourado focou neles.

— A Casa de Galen me faz uma visita — o fabricante de armas falou. — É uma grande honra, Kace.

Kace inclinou a cabeça.

— Saudações, Aran. Receio que não estejamos aqui pelas armas.

A pele de Aran era tão escura quanto o espaço, e era difícil adivinhar sua idade. Mas Raiden disse a Kace que ele estava aqui muito antes de Raiden chegar, há dezoito anos. E ainda parecia exatamente o mesmo.

O homem grande cruzou os braços protuberantes sobre o peito.

— Não tenho muito mais a oferecer, gladiador. — Seu olhar focou em Rory e depois voltou para Kace. — Tem certeza de que não precisa de armas? Tenho algumas que serviriam para ela. — Ele inclinou a cabeça, medindo Rory. — Ela é muito pequena.

Rory deu um passo à frente.

— Posso ser baixinha, mas você não precisa falar sobre mim como se eu não estivesse aqui.

Kace olhou para o telhado.

— Ela também fala muito.

Ela se virou e encarou Kace com um olhar feroz. Por cima do ombro, Kace viu a boca de Aran se curvar em um sorriso.

— Também posso bater... com força — Rory o lembrou com uma voz doce na qual não acreditou nem por um segundo. Ela deu uma olhada em Aran e apontou para a espada aprimorada. — Eu adoraria saber como você adiciona a nanotecnologia à espada.

— Nanotecnologia? — o fabricante de armas perguntou.

— As pequenas máquinas...

— Ah. — Ele deu outro sorriso fraco. — Bem, um fabricante de armas nunca conta seus segredos.

Rory semicerrou os olhos.

— Posso ser muito persuasiva.

Desta vez, Aran riu.

— Nisso eu posso acreditar. — Seu olhar se moveu para Kace. — Então, se você não está atrás das minhas armas, como posso ajudá-lo?

— Estamos aqui para perguntar sobre uma mulher — Kace explicou. — Ouvimos dizer que ela foi vista aqui. Ela é pequena como a Rory. São do mesmo planeta.

— Ela tem uma constituição magra e cabelo escuro cortado quase aqui. — Rory tocou seu queixo.

— Provavelmente, estava com os Thraxianos — Kace acrescentou.

Um olhar de desgosto cruzou o rosto de Aran.

— Sinto muito. Não vi nenhum Thraxiano por aqui ultimamente. Eles não gostam de pagar por armas de qualidade. — Uma pontada se insinuou na voz do homem. — E não vi nenhuma mulher minúscula antes de você e seu amigo entrarem aqui.

Os ombros de Rory cederam.

— Tem certeza?

Ele assentiu.

— Sou bom com detalhes e nunca me esqueço de um rosto. Não vi sua amiga. Sinto muito. Acredite em mim, não tenho amor pelos traficantes de Thrax. Se eu a tivesse visto, avisaria.

Kace acenou em agradecimento.

— Se você a vir, poderia entrar em contato com a Casa de Galen?

O fabricante de armas assentiu.

— Claro.

— Voltarei para falarmos sobre essa tecnologia — Rory disse.

Aran assentiu.

— Compre uma arma e talvez eu fale.

Ao saírem da loja, Kace observou o comportamento amigável de Rory desaparecer, e ela deu de ombros. Normalmente, ela vibrava com energia, pronta para dar o melhor que pudesse.

Agora, ela parecia vazia.

— Rory...

— Ela está sendo mantida em cativeiro. — Os olhos verdes e dourados olharam para ele, afogados em dor. — Sofrendo. Sozinha.

— Vamos voltar para a Casa de Galen. Talvez os outros tenha tido mais sorte que nós.

— Você sabe tão bem quanto eu que isso é um jogo dos Thraxianos. Nós dois sabemos que ninguém a viu de verdade.

Ela estava certa, e Kace não sabia o que dizer para confortá-la. Ele nunca ofereceu conforto a ninguém. Se precisassem de proteção ou a morte de alguém, isso ele poderia fazer. Mas abrandar a dor... isso estava além das suas habilidades.

À medida que se aproximavam da Casa de Galen, os

passos de Rory diminuíram. Finalmente, ela parou, olhando para a entrada e os dois guardas ficaram parados ao lado dela em silêncio.

— Não. Não. — Ela balançou a cabeça e recuou. — Kace, não posso ficar trancada agora. Não quero passar por essas portas e tê-las fechadas atrás de mim.

Ele ouviu o desespero em sua voz e odiou que estivesse ali. Ele não conhecia Rory há muito tempo, mas sabia que ela era feroz e durona. Ela odiaria que percebessem sua fraqueza.

Estendeu a mão para ela.

— Venha comigo.

Rory não hesitou em pegar a mão dele. Enquanto a conduzia para longe da Casa de Galen, para fora dos túneis e subindo para as arquibancadas da arena, percebeu que ela confiava nele.

Em seu planeta, ele era um comandante e soldado. Ele foi um herói da Batalha de Darron Valley. Mas Rory não conhecia sua reputação. Aqui, ela estava apenas confiando em Kace, o homem, sem questionar.

Ele alcançou uma escada e a conduziu por alguns degraus. Havia muitos deles, mas finalmente chegaram ao topo. Ele a puxou por uma última porta, trazendo-os para o topo de uma torre que ficava em uma das paredes da arena. Bandeiras tremulavam, presas ao pico.

O vento do deserto balançou o cabelo de Rory, jogando seus cachos ao redor do rosto. O lugar não oferecia exatamente a vista da cobertura de Zhim, mas a visão da cidade ainda era impressionante. Era um dos lugares favoritos de Kace para ir quando precisava de um tempo sozinho.

Rory foi até o corrimão de pedra e se inclinou sobre ele. Kace percebeu que ela não estava prestando atenção à vista. Seus olhos estavam fechados e ela respirou fundo.

Ele a observou, percebendo que podia realmente ver o fluxo de tensão do seu corpo. Se lembrou de como ela parecia cansada.

— Obrigada. — Rory se virou para olhar para ele. — Tinha momentos, quando eu trabalhava na estação espacial, que eu daria qualquer coisa para sentir o vento no rosto. — Ela olhou para ele com algo ilegível em seus olhos. — Gosto de espaços abertos, de me sentir livre.

— Você precisa dormir um pouco.

Ela lhe deu um sorriso triste.

— Eu gostaria. — Respirou fundo novamente. — Acho que desde o resgate, não tinha percebido que ainda me sentia tão... confinada.

— É normal se sentir assim, Rory.

Ela assentiu.

— Mas a Harper e a Regan não se sentem desse jeito. Elas adoram estar na Casa de Galen. E eu também, mas às vezes...

— As paredes se fecham ao seu redor.

Ela inclinou a cabeça.

— Você se sente assim também?

— Às vezes. Passei a maior parte da vida com meus colegas soldados, sem muita privacidade. Nunca percebi o quanto gostava de ter um tempo sozinho até vir aqui.

Ela deu um passo em direção a ele e depois outro. Os músculos de Kace travaram, e ele descobriu que não conseguia se mover. Ela estendeu a mão e as colocou em seu peito. Enquanto os dedos dela se moviam em sua pele, ele viu a necessidade brilhar nos olhos de Rory. Ele sentiu um desejo semelhante acender em seu interior.

— Não me sinto presa quando estou com você — ela murmurou.

Os dedos roçaram em seus mamilos e ele respirou fundo, sentindo seu pulso acelerar.

— Rory...

— Estou bem aqui.

Ele agarrou seu pulso e o segurou. Ficou lá, preso entre seu dever e seus próprios desejos.

ELA PODIA SENTIR o estresse no corpo de Kace. Ele estava tenso.

Caramba, ela queria tanto este homem sério e fechado.

Rory ficou na ponta dos pés e o beijou. Quando seus lábios se moveram sobre os dele, Kace não se mexeu, mas contra seu peito, ela sentiu o coração bater forte.

Ela desceu novamente, olhando seu peito duro. Todos aqueles músculos gloriosos. Ela deu um beijo no centro de toda aquela pele bronzeada. Em seguida, o mordeu. Não foi com força, mas caramba, ela queria cravar os dentes nele.

O corpo de Kace estremeceu e um som saiu da sua garganta, então ele ergueu as mãos e segurou seus braços.

— Não estou aqui por prazer.

— Mas você me quer, não é?

Silêncio.

Ela pressionou as palmas das mãos no peito dele, e sentiu seus músculos se contraírem com o toque.

— Gosta das minhas mãos em você?

Sua respiração estava irregular e o rosto severo.

— Sim. Mas isso não muda nada.

— Você está aqui para quê? — ela perguntou baixinho.

— Para aumentar minhas habilidades como soldado. Por dever e honra. Isso é valorizado acima de tudo em meu planeta.

— Você não tem permissão para sentir nenhum prazer? — Ela se aproximou e acidentalmente roçou a grande protuberância na frente da sua calça.

Os dois gemeram.

Então, um pensamento ocorreu a ela.

— Você... já esteve com uma mulher antes?

Ele deu um aceno brusco.

— O exército fornece mulheres em nossos intervalos programados.

Caramba. Rory tentou organizar os pensamentos. Kace nunca transou com uma mulher de sua escolha. Alguém que não fosse paga para ficar com ele.

— Você quer me tocar, Kace?

Ele olhou para ela, pressionando seu corpo.

— Eu quero te tocar — ela murmurou. — Muito. Desde que você ajudou a me resgatar.

Seu grande corpo estremeceu contra ela.

— Sim. Sim, eu quero te tocar.

Eles se moveram. Kace a puxou e Rory envolveu as pernas nos quadris dele. Kace a beijou. Não foi violento. Foi quase cauteloso no início. Então ela abriu a boca, mergulhando a língua para sentir o gosto dele. Ele grunhiu e aprofundou o beijo.

Kace avançou até que Rory sentiu a parede de pedra em suas costas. Ele pressionou os quadris contra ela e o comprimento duro de seu pênis encostou em uma parte do corpo que estava quente e molhada.

O beijo ficou mais selvagem quando Kace encontrou o ritmo. Ele a estava absorvendo, mergulhando a língua dentro de sua boca como se precisasse de seu sabor para sobreviver. Ela acariciou o cabelo dele e retribuiu o beijo.

Quando ele levantou a cabeça, os dois estavam ofegantes. Ela umedeceu os lábios inchados.

— Mais. Por favor.

As mãos dele deslizaram por baixo da blusa de Rory e ele puxou o tecido para cima. Seu olhar estava colado nos seios pequenos. Suas mãos enormes os envolveram, e ele passou os dedos rapidamente sobre os mamilos. Uma mão a envolveu e a empurrou para cima até que seus seios estivessem na altura de seu rosto. Então ele se aproximou.

Sugou um mamilo, e ela gemeu. Quando o corpo dela estremeceu, Rory puxou o cabelo dele com força.

Rory se esfregou contra ele, desesperada por algo para aliviar a necessidade que crescia dentro dela. Involuntariamente, seus quadris começaram a se mover contra o abdômen definido e a protuberância do pênis de Kace. As sensações a envolveram e ela continuou com os movimentos.

— Você me frustra — ele disse as palavras. Moveu uma mão para baixo, segurando seu quadril para mantê-la ali. — Você me tenta além da razão, Rory.

— Não foi minha intenção. — Suas palavras se transformaram em um longo gemido.

Ela a apertou, e ele desacelerou os movimentos dos quadris.

— Não pare. — Se ele parasse, Rory pensou que poderia morrer.

Mas ele a moveu até que suas pernas estivessem presas ao redor de uma de suas coxas duras. Kace a fez montar em sua coxa. Cada movimento provocava uma vibração em seu clitóris. As mãos de Rory tremeram e ela as deslizou para seus braços. Podia sentir o orgasmo crescendo, pairando sobre ela como uma onda.

— Olhe para mim — ele grunhiu.

Ela olhou para cima e foi capturada pelo brilho intenso de seus olhos azuis. Bastou outro roçar forte em sua coxa musculosa, e ela se estilhaçou. Foi tomada pelo prazer e gritou.

Kace a abraçou enquanto ela voltava à realidade. Ela apoiou a cabeça no ombro dele enquanto pequenos tremores ainda balançavam seu corpo. Seus dedos estavam enterrados nos bíceps duros, e ela podia sentir o olhar dele sobre ela.

Rory queria tocá-lo. Queria arrancar a roupa dele e levá-lo para dentro de seu corpo. Mais do que tudo, queria se sentir conectada a ele, senti-lo se movendo dentro de seu corpo. Até que ele a colocou no chão.

Por um segundo, Rory não teve certeza se seria capaz de ficar de pé, mas travou os joelhos. Kace se afastou e quando ela olhou para cima, seu rosto parecia ter sido esculpido em pedra.

Seu estômago se apertou. Ele não parecia um homem com desejo.

— Não estou aqui para isso — ele repetiu, e suas palavras pareciam envoltas em gelo.

Rory abraçou a própria cintura. Se sentiu terrivelmente exposta e sozinha.

— Quero você, Kace, e você me quer... não há nada de errado nisso.

— Não podemos, Rory. Não consigo dividir meu foco. Minha lealdade está com meu povo.

Deus, ela tinha acabado de dar um amasso em um gladiador alienígena que claramente não a queria tanto quanto ela o desejava. A vida poderia piorar?

— Tudo bem, escute...

— E você está em perigo, o que significa que agora preciso me concentrar em sua segurança. Como membro da Casa de Galen, vou garantir que você não se machuque.

Bem, isso a fez sentir pouco importante.

— Eu...

— Se você precisar de prazer, sugiro que encontre outra pessoa — Kace falou.

As palavras atingiram sua pele como tiros e a fizeram estremecer. Se endireitando, Rory puxou a última gota de orgulho que lhe restava.

— Eu te ouvi, em alto e bom tom, gladiador. E talvez eu encontre outra pessoa.

Ela se virou e foi embora sem esperar por ele.

CAPÍTULO SEIS

E stava quase na hora da luta.

Kace ficou mais uma vez no túnel, esperando ser chamado para a arena. Estendeu a mão e apertou as tiras de sua proteção de braço. O couro era moldado perfeitamente ao seu corpo e decorado com gravuras antarianas. Tentando encontrar a calma de sempre, traçou o desenho de uma flor estilizada com três pétalas gravadas no couro – um símbolo antigo dos Criadores que semearam a vida nos planetas por toda a galáxia.

Não ajudou. Ele esteve ali muitas vezes esperando por uma luta. E, normalmente, estava focado e pronto.

Mas esta noite, ele se sentiu inquieto. Desligado.

Tudo o que ele conseguia pensar era no sabor de Rory, na sensação de seu corpo esguio e forte contra o dele, e os sons roucos de seus gritos enquanto ela encontrava seu prazer.

Ele soltou um suspiro e apertou o bastão.

— O que você tem? — Saff ficou na sua frente, semi-cerrando os olhos ao encará-lo.

— Nada.

Ele ouviu o som da multidão lá fora se intensificar. Estavam animados e prontos para o show.

— Está nervoso e sem foco. — Saff estava carrancuda. — Você não é assim.

Ele sabia que Saff tinha algumas habilidades telepáticas – não que ele já tivesse percebido que ela as usava. Ele se perguntou se ela poderia captar suas emoções.

— Só estou pensando em quem atirou em nós. E em encontrar Madeline Cochran.

— Não, não é isso.

— Deixa pra lá, Saff.

— Ei. — Ela tocou seu braço. — Estou do seu lado, soldado. Se você entrar lá com a cabeça em outro lugar, pode se machucar. Por alguma razão estranha, gosto de você inteiro.

Ela era sua amiga e sempre o protegeu. Ele respirou fundo.

— Estou bem. Quando pisarmos na areia, estarei focado.

Ela o observou por mais um segundo, então revirou os olhos.

— Homens.

De repente, o zumbido de motores encheu o túnel. Ele se virou e viu uma linha elegante de carros de combate descendo o túnel.

Esta noite seria luta de carruagem.

Elas eram todas idênticas, todas feitas de metal e pairavam no chão. Os quatro veículos pararam. Galen dirigia a principal, seguido por Thorin, depois o engenheiro de carruagem que Galen empregava. Kace piscou. Rory estava dirigindo a última.

Os ombros de Kace ficaram tensos. Ele não a via desde que voltaram para a Casa de Galen ontem, após seu momento na torre.

Depois que soube que todas as outras pistas sobre Madeline também eram falsas, ela foi para o quarto. Kace quis ir até ela em incontáveis momentos ao longo da noite, mas...

Ele puxou seu bastão para mais perto, olhando cegamente para as marcas de Antar. O amor não era algo em que os antarianos acreditavam. Isso não existia. A procriação vinha por meio de pares planejados entre os indivíduos mais fortes. Na maioria das vezes, esses pares nem se conheciam.

O amor era só uma perda de controle causada por hormônios violentos. Um desequilíbrio químico.

Rory saltou da carruagem, segurando sua caixa de ferramentas em uma das mãos. Quando Kace viu o que ela estava vestindo, enrijeceu. *Mas que drak é essa?*

Calça justa de couro e top verde-escuro preso atrás do pescoço, mas que para ele não parecia muito mais que um pequeno triângulo de tecido que deixava seus ombros despidos.

— O que você está fazendo aqui? — ele questionou.

Ela lhe deu um olhar frio.

— O Galen me pediu para trabalhar com Jarno. — Ela acenou para o engenheiro de carruagem idoso e de cabelo grisalho. — Estou aprendendo a preservar as carruagens. — Ela ergueu o queixo. — E depois vou para as arquibancadas para assistir a luta, tomar alguns drinks e encontrar alguém para me divertir um pouco. — Ela se virou.

Kace piscou, olhando para as costas dela. Além de umas tiras minúsculas, a roupa deixava suas costas nuas – as omoplatas delicadas e sardas atraentes estavam em plena exibição. Ele apertou o bastão com força. Sabia exatamente o que significava "diversão". O pensamento de alguém colocar as mãos nela, beijá-la... Kace ficou surpreso pelo metal ter envergado em suas mãos.

— Ah, agora eu sei qual é o seu problema. — Saff balançou a cabeça. — Outro gladiador apaixonado pelos encantos de uma garota da Terra.

— Você sabe que não estou aqui para me apaixonar por ninguém.

— Certo. Você está aqui para ser o soldado perfeito. — Saff balançou a cabeça de novo.

— Meu povo não acredita em relacionamentos românticos.

Saff fez um som.

— Seu povo treina bebês desde o nascimento para não se conectar com ninguém, para serem capazes de entrar em uma luta e não serem incomodados por emoções.

Ele olhou para Rory novamente. Ela estava rindo e fez até mesmo Jarno rir. E o homem nunca ria. Lore também estava por perto, olhando por cima do ombro com um sorriso.

Ela atraía as pessoas. Kace resistiu ao impulso de dar um soco na parede do túnel.

— Mais uma vítima — Saff murmurou. — Mesmo que você esteja sendo teimoso quanto a isso.

— Chega, Saff. — Ele usou o mesmo tom que usava com soldados que não se comportavam.

A gladiadora ergueu as mãos.

— Tudo bem. Entendi. Mas, só para constar, eu gosto dela. Acho que te animaria.

Raiden deu um passo à frente.

— Hora de ir.

Kace subiu na carruagem mais próxima com Saff. Mais para frente, ele observou Harper e Raiden reivindicando a carruagem líder. Thorin ia lutar com um novo recruta esta noite, e Lore e Nero estavam na última.

Rory apareceu ao lado do veículo de Kace.

— Fizemos alguns trabalhos no mecanismo de direção deste hoje. Estava puxando para a esquerda. Qualquer problema, nos avise.

Kace concordou.

Ela hesitou.

— Boa sorte, garoto bonito.

Quando ela se virou e se afastou, Kace não conseguiu desviar os olhos do balanço suave de seus quadris estreitos e da pele nua de suas costas.

RORY ENCONTROU uma cadeira vaga ao lado de Regan e se acomodou. Hoje à noite, Harper ia lutar, e ela estava animada para assistir a amiga.

— Estão todos prontos? — Regan perguntou.

Rory concordou.

— Eles não têm medo. — Kace parecia tão forte e seguro enquanto esperava para entrar na arena.

Ela viu as carruagens entrarem rugindo para a apreciação de uma multidão barulhenta, fazendo um círculo no chão da arena. Os veículos eram incríveis, e ela mal podia esperar para aprender mais sobre como o sistema de propulsão funcionava. Jarno conhecia cada centímetro deles. Ele não estava nada entusiasmado quando Galen os apresentou, mas depois que ela fez quase mil perguntas e ficou claramente interessada no funcionamento interno das carruagens, ele se animou. Ela até conseguiu tirar uma ou duas risadas dele.

A multidão começou a entoar os nomes dos gladiadores. Ela olhou para as filas de assentos e para os milhares de espectadores. Eles estavam completamente fascinados.

A gritaria ficou mais alta. Ela olhou para o chão e viu as carruagens dos gladiadores adversários entrarem por um túnel no lado oposto da arena.

Ela se inclinou para frente.

— Com quem eles estão lutando esta noite?

— A Casa de Felis — Regan respondeu. — Os peludos.

Como a maioria das casas, os lutadores não eram todos da mesma espécie, mas ela avistou facilmente os gladiadores altos na carruagem de chumbo. Seus corpos eram cobertos por uma pele bronzeada. Eles tinham focinhos alongados e orelhas pontudas que lhes davam uma aparência vagamente felina. Um deles tinha seios pequenos, empinados e cobertos de pele, então Rory imaginou que fosse uma mulher, embora fosse do mesmo tamanho de seu parceiro de luta.

A sirene tocou na arena.

A carruagem de Harper e Raiden deu uma guinada,

se aproximando da carruagem principal dos Felis. Harper estava dirigindo. Os dois veículos aceleraram, e Rory observou enquanto elas se chocavam. Harper se afastou um pouco e Raiden se inclinou, o que fez sua espada brilhar nas luzes da arena.

Em seguida, Kace e Saff passaram correndo. Ela observou Kace balançar seu bastão. E então ele pulou, parando na parede lateral da carruagem.

Droga. Rory sentiu a boca seca. O que é que ele estava fazendo? Ele alcançou a lacuna, golpeando os gladiadores adversários.

Seu equilíbrio era perfeito e aquele rosto bonito estava focado e disciplinado. Ela admirava isso nele, mesmo quando a deixava louca.

Pare de pensar nele. O gladiador deixou claro que embora estivesse atraído por ela, nada aconteceria.

A próxima carruagem passou em alta velocidade, com Thorin e um gladiador reptiliano que estava jogando uma rede em uma carruagem Felis. Por último, Lore e Nero passaram rugindo. Lore estava dirigindo com talento, ziguezagueando sobre a areia e cortando a carruagem rival. Nero estava lutando com golpes duros e implacáveis de sua espada.

Enquanto eles circulavam novamente, Rory observou quando Raiden derrubou um dos oponentes da carruagem. O gladiador Felis caiu na areia com um grito. A multidão rugiu.

Regan aplaudiu e bateu seu quadril no de Rory.

— Sabe, nunca pensei que isso seria algo que você gostaria — Rory falou.

— Eu também não. — Regan colocou uma mecha de cabelo loiro atrás da orelha. — Mas há algo sobre isso...

— Algo selvagem? Primitivo? Que faz o sangue acelerar?

Regan assentiu e corou.

— É eletrizante. Especialmente quando vejo o Thorin lutar.

Rory havia feito algumas lutas amadoras de MMA na Terra. Ela entendia o apelo desse tipo de evento. Já havia se jogado contra alguém, lutando para vencer.

Quando Saff e Kace se aproximaram de novo, ele ainda estava equilibrado na beirada da carruagem. Ele gritou algo para Saff e a gladiadora sorriu e moveu o veículo para mais perto de seus oponentes.

Kace dobrou os joelhos. O que ele estava fazendo? Ele saltou, voando pela abertura.

O coração de Rory ficou preso na garganta e a multidão ofegou em conjunto.

Ele pousou na outra carruagem, batendo no passageiro. Estava muito apertado para ele usar o bastão, então, acertou golpes e socos. O gladiador Felis lutou bastante.

Kace se esquivou de alguns golpes, os dois girando e rodeando no espaço apertado. Ele segurou o peito peludo do gladiador, girou novamente e jogou o homem na areia.

Rory aplaudiu com a multidão.

Ela viu quando Kace se virou para o motorista. Era uma mulher e não era Felis. Sua pele era cor de cobre e tinha uma trança grossa e escura que chegava à cintura. Tinha muitas pulseiras de metal em seus braços e gargantilhas no pescoço.

Ela olhou para Kace, tremendo. Ele abaixou os braços e estendeu a mão para ela.

A mulher olhou para ele por um segundo, então segurou. Kace puxou-a para o seu lado e assumiu o comando da carruagem.

A mulher cedeu.

Rory olhou para as outras carruagens e viu que a Casa de Galen havia derrubado todos os gladiadores Felis.

A luta estava terminada.

Ela observou os gladiadores moverem suas carruagens para uma volta da vitória no ringue. Quando o comboio passou pelas cadeiras da Casa de Galen, Rory viu a gladiadora olhar para Kace com adoração, se encostando na lateral do corpo dele. Ouviu vagamente os locutores declarando a Casa de Galen como vencedora.

Rory engoliu em seco, mesmo com as faíscas queimando em seu sangue. Odiava ver outra mulher tocar Kace. Ela realmente não era conhecida por seu temperamento calmo.

Sempre lutou pelo que queria. Com três irmãos mais velhos, ela tinha que fazer isso. Especialmente quando quis estudar engenharia e completar seu treinamento de MMA. Ela não era desistente.

Kace olhou para ela, que sentiu a conexão elétrica entre eles.

Ela não ia deixá-lo ignorar o que quer que estivesse acontecendo entre eles. *A luta começou, gladiador.* Ela piscou para o homem.

— Pronta para a festa? — Regan perguntou.

Rory olhou para sua amiga.

— Festa?

— Os patrocinadores sempre convidam os gladiadores para o camarote corporativo. Normalmente, eles não vão e preferem só tomar alguns drinks nos alojamentos. Mas esta noite, o Galen disse que todo mundo precisa aparecer. Pelo que ouvi, as festas desse patrocinador podem ficar um pouco... selvagens.

Selvagem é bom. Combinava com seu humor esta noite. Rory concordou.

— Parece divertido.

— Ótimo. Vamos subir. Harper, Raiden, Thorin e os outros tomarão banho e nos encontrarão lá.

Quando elas entraram na festa, os olhos de Rory demoraram um segundo para se ajustar. As luzes estavam baixas, a sala, lotada de pessoas e o pulsar da música era alto. Ela viu um banquete de comida e bebida.

Então arregalou os olhos. Os garçons se moviam pela sala com corpos longos e sinuosos. E estavam nus, exceto por uma cobertura de glitter prata e tinta vermelha. Vários dançarinos pintados nas mesmas cores se contorciam em postes de pole dance em um pequeno palco.

— Uau — Rory murmurou.

— Vamos beber alguma coisa.

Logo, elas estavam sentadas no bar observando o barman servir bebidas elaboradas em copos longos. Os participantes da festa explodiram em gritos e aplausos.

Rory olhou e viu que os gladiadores haviam chegado.

Havia um pequeno grupo de escalão inferior que se juntou à festa. Harper e Raiden vinham atrás deles. Os dois estavam com os cabelos molhados, e Rory podia adivinhar o que estiveram fazendo. Raiden puxou Harper para seus braços, pressionando um beijo profundo em seus lábios.

Isso fez o estômago de Rory se apertar. A maneira como aquele homem adorava tudo em Harper deixou Rory com inveja. Ela viu Kace entrar atrás deles. Ele também estava observando o casal.

Seu cabelo estava úmido e a camisa não cobria muito, deixando os braços e a maior parte do peito nu. Por que ele tinha que ser tão delicioso?

Thorin apareceu e cortou o caminho direto para Regan. Ele se deixou cair em um banquinho ao lado delas e puxou Regan para seu colo. Esfregou o rosto na lateral do pescoço dela enquanto a moça acariciava seu cabelo curto.

Outra pontada de inveja atingiu Rory.

— Boas jogadas, soldado. — A voz de Saff soou alta quando ela bateu com o ombro no de Kace.

— Isso aí. — Thorin estendeu a mão e deu um tapa nas costas de Kace.

Kace concordou.

— Foi uma boa luta.

— Vamos celebrar. — Lore se aproximou com uma mulher loira pendurada em seu braço. Ela lançou ao gladiador um sorriso sensual. — Achei que íamos precisar dos curandeiros para tirar aquela gladiadora de cima você, Kace.

Rory sentiu um gosto amargo na boca e segurou sua bebida colorida.

Kace olhou para ela.

— Sim, ela era... persistente.

Rory tomou um grande gole do líquido multicolorido.

Ele estava falando sobre ela ou aquela porcaria de gladiadora Felis?

Lore colocou uma bebida na mão de Kace e todos os gladiadores começaram a relaxar. Rory percebeu que devia demorar um pouco para diminuir a adrenalina da luta. Ela tomou um gole de sua bebida novamente, deixando a queimação do álcool e a batida da música desconhecida acalmá-la. Era bom fazer parte desse grupo e lembrar que não estava mais sozinha.

— Você foi incrível esta noite.

As palavras ronronadas a fizeram olhar. Uma mulher curvilínea com o rosto pintado estava passando as mãos no peito de Kace.

Regan explicou que essas mulheres eram torcedoras da arena. Elas não fingiam que gostavam de transar com gladiadores. Rory teve a impressão de que a maioria deles ficava muito feliz em aceitar as ofertas. Do outro lado da sala, Lore estava ocupado com duas mulheres. Também havia muitos gladiadores de escalão inferior aproveitando ao máximo a festa.

Rory tomou um gole de sua bebida novamente. Na verdade, ela meio que admirava as torcedoras. Elas sabiam o que queriam e iam atrás.

Ela queria desviar o olhar, mas se obrigou a observar Kace e a mulher. Ele segurou seus pulsos com gentileza e a afastou.

— Obrigado. — Ele a virou e apontou para onde Nero estava encostado no bar bebendo uma cerveja. — Você pode ter mais sorte com ele.

A mulher inclinou a cabeça enquanto seu olhar percorria o grande corpo de Nero.

— Está bem. Obrigada.

Enquanto ela se afastava, Kace virou a cabeça. Seu olhar encontrou o de Rory, e ela sentiu os pelos de seus braços se arrepiarem.

Ele caminhou em sua direção.

CAPÍTULO SETE

Quando Kace encostou no bar ao lado de Rory, ela sentiu seu cheiro limpo e recém-saído do banho.

— Gostei da luta de carruagem.

Ele assentiu, e ela notou que seu corpo grande estava tenso. Gostaria de saber o que ele estava pensando. Só queria vê-lo relaxar e se divertir.

Olhou além dele, para onde havia quatro dançarinos pintados – dois homens e duas mulheres – se esfregando no pequeno palco.

— Isso é muito selvagem.

— Vai ficar muito mais conforme a noite avança — ele disse.

O silêncio caiu novamente, e Rory queria desesperadamente estender a mão e tocá-lo.

Galen apareceu.

— Certifique-se de dar algumas voltas. Fale com os patrocinadores.

Kace fez uma careta.

— Certo.

O imperador olhou para Rory.

— Eles também estão muito interessados em você, Rory.

— Em mim? — Ela franziu o cenho.

— Você é de um planeta desconhecido, e sua pequena estatura e cabelo ruivo são únicos.

Kace fechou a mão.

— Você quer exibi-la.

O olhar de Galen ficou gelado.

— Não. Quero que ela converse com algumas pessoas, sorria e se divirta. As pessoas aqui pagam muito dinheiro para a Casa de Galen. Isso alimenta e veste a todos nós. — Com isso, o imperador se afastou.

— Ele parece tenso — Rory observou.

Kace deu de ombros.

— De todos, Galen é quem mais odeia essas festas. Mas ele sabe que são um mal necessário.

Um grupo de mulheres bem vestidas com meias-máscaras douradas passou, sussurrando e rindo. Rory olhou para elas.

— Pra que as máscaras?

— São mulheres ricas que vêm para... provar os gladiadores.

Rory se engasgou com sua bebida.

— O quê?

— Algumas das casas de gladiadores recebem dinheiro para que clientes ricos possam transar com eles. As mulheres preferem manter as identidades em segredo.

— Galen...?

Kace sorriu.

— Não, Galen traça um limite de não prostituir seus gladiadores.

Rory mexeu sua bebida com um canudo.

— Percebi que você recebe muitas... ofertas de mulheres.

Kace ficou quieto, olhando para ela.

Ela deu de ombros.

— Acho que percebi agora que minha atração por você é só mais uma oferta em uma longa fila. Lamento se...

Ele segurou seu queixo, e ela arfou. Ele ergueu seu rosto até que seu olhar encontrou o dele.

— Você não vai nos comparar a nada que acontece nesta sala.

Ela entreabriu os lábios. Seu olhar era tão intenso que se sentiu despida.

— Kace...

Ele murmurou um xingamento e a soltou. Seu rosto ficou tenso, e ela pôde ler a batalha em cada linha de seu corpo.

Kace acenou de forma dura para ela.

— Aproveite o resto da festa.

De repente, mesmo em uma festa cheia de gente, Rory se sentiu muito sozinha.

A MÚSICA MUDOU e os sons selvagens de cordas encheram a sala.

Kace tentou relaxar. Ele estava na parte mais silenciosa e escura do lugar e ficou lá, bebendo. E lutando para não olhar para Rory.

Quando se juntou à Casa de Galen, ele evitava as celebrações após a luta. Sempre voltava para seu quarto e se obrigava a ler textos militares. Dizia a si mesmo para não se acostumar com os excessos da arena.

Mas, com o tempo, ele percebeu que se relacionar com seus colegas era tão importante quanto lutar na arena. Quanto mais tempo eles passassem juntos, melhor seria seu relacionamento na areia. E ele finalmente admitiu que gostava de passar o tempo com os amigos.

Rory ainda estava no bar, e ele lamentou o fato de que antes ela parecia feliz e relaxada, mas agora estava tão tensa quanto ele.

Por que ele estava tão atraído? Sabia que não poderia reivindicá-la do jeito que queria, então tinha que ficar longe.

As pessoas estavam se divertindo. Os convidados estavam bajulando todos os gladiadores presentes, bebendo e dançando.

Ele observou um homem bem vestido se aproximar de Rory. Era alto e esguio, usava calça azul royal e uma túnica com detalhes dourados. Kace estava muito longe para ouvir a conversa, mas Rory sorriu e assentiu. O homem se acomodou no banquinho ao lado dela.

Kace fez uma careta e desejou poder ouvir o que ele estava dizendo. Pela maneira como estava vestido, imaginou que era um patrocinador e não gostou nada disso. A maioria dos patrocinadores que ele conhecia eram ricos e acreditavam que podiam conseguir tudo – e qualquer pessoa – que quisessem.

Rory e o homem estavam em uma conversa animada. O que quer que eles estivessem falando, iluminou seu rosto. O homem estava mexendo em algo, e Rory pediu para ver. Kace franziu a testa. Uma moeda, talvez.

Ele bateu o copo em uma mesa lateral. Se o cara se aproximasse dela, iria até lá e...

Regan apareceu ao lado de Rory, arrastando uma Harper relutante consigo. Enquanto as duas puxavam Rory em direção à pista de dança, Kace relaxou um pouco.

Então ele se viu entre Raiden e Thorin.

— A Regan queria dançar — Thorin falou. — Algo sobre estar viva e celebrar.

— Harper não queria. — Raiden deu um gole em sua bebida. — Ela disse algo sobre preferir ser expulsa por uma câmara de descompressão.

— Ela parece estar se divertindo agora — Kace comentou.

Ele observou as três mulheres da Terra balançando os quadris. A dança delas era completamente diferente dos movimentos dos dançarinos pintados. Rory riu, erguendo os braços e se balançou contra Regan.

Harper se aqueceu e logo as três estavam se movendo com a batida, completamente inconscientes de que todos os homens na sala as observavam.

— Puta merda. — Raiden bebeu mais. — Eu não sabia que Harper conseguia se mover daquele jeito.

— Vou pedir a Regan para fazer uma dança particular para mim mais tarde. — O olhar de Thorin estava grudado na pequena mulher.

Kace não conseguia tirar os olhos de Rory. Ela se

agachou antes de voltar a subir, com as costas arqueadas. A mulher pulsava com vida, e ele queria agarrá-la e nunca mais soltar. Absorver essa luz e energia, aproveitar.

Regan foi até os músicos e depois de muita conversa e gestos com as mãos, ela voltou para suas amigas. A música mudou para uma batida alegre que soou completamente diferente da música Enkan que tocava antes.

As mulheres da Terra soltaram gritos e ergueram os braços, balançando os quadris. As três estavam cantando e sorrindo.

Thorin franziu a testa.

— Elas estão cantando algo sobre estar com medo e petrificadas, mas ficando fortes. — Ele sorriu. — Estão cantando sobre sobrevivência. Que enquanto tiverem amor... — O grandalhão balançou a cabeça.

— Às mulheres notáveis da Terra. — Raiden ergueu sua bebida em um brinde.

A música terminou, mas elas continuaram dançando. Um momento depois, Raiden e Thorin enrijeceram.

— Não — Raiden grunhiu, caminhando em direção à pista de dança com Thorin bem atrás dele.

Kace viu que três homens grandes de outro planeta se aproximaram das mulheres. O peito dos homens eram brilhantes, cobertos de óleo e estavam com os cabelos soltos. Eles se aproximaram de Rory e das outras.

Raiden puxou Harper para fora da pista de dança enquanto Thorin se permitiu ser convencido a dançar. O grande gladiador fez uma careta para os estrangeiros enquanto Regan se pressionava contra ele, dançando enquanto ele ficava quase parado.

Dois dos estrangeiros se aproximaram de Rory. Ela estava sorrindo, dançando com eles. Deixando que eles passassem as mãos sobre ela. A mulher parecia minúscula entre os homens.

Não. Kace se aproximou e colocou a mão no ombro do homem mais próximo. Ele o puxou para longe de Rory.

— Saia — Kace disse. — Ou vou quebrar seu braço.

— Kace! — Rory protestou.

— Você é dele? — o segundo homem perguntou a ela.

Ela olhou para Kace e engoliu em seco.

— Não. Não, eu não sou.

O estrangeiro se aproximou dela.

— Você não tem...

Kace puxou Rory para o seu lado.

— Saia agora ou eu vou te machucar.

Algo em seu tom os convenceu. Com uma carranca infeliz, os homens se afastaram. Kace girou Rory.

— O que você achou que estava fazendo?

— Dançando.

Ele grunhiu.

Rory passou a mão pelo cabelo.

— Acho que estava sendo idiota. Eu queria que você me notasse.

Kace ficou imóvel.

— Você conseguiu.

Ela apoiou as mãos no peito dele.

— Bem, já que você assustou meus companheiros, terá que dançar comigo.

— Eu não danço.

— Então você não deveria ter me atrapalhado.

Ele enrijeceu.

— Você queria que eles te tocassem?

— Você sabe o que eu quero, homem teimoso. Agora, fique quieto e dance. — Ela pressionou o corpo contra o dele, se balançando.

Kace não conseguiu se afastar. Passou os braços em volta dela e absorveu a sensação de estarem juntos.

— Sobre o que você estava falando com o homem do bar? — questionou.

— Que homem?

— O patrocinador.

— Malix?

Kace a puxou para ficar na ponta dos pés.

— Você estava sendo absorvida por ele.

— E você não gostou disso? — ela perguntou baixinho.

— Não.

— Kace, você está me deixando muito confusa.

— Sobre. O. Que. Vocês. Estavam. Falando?

— A empresa dele fabrica naves espaciais. Estávamos conversando sobre engenharia e sua esposa, marido e filhos, de quem ele sente falta quando viaja. Seu planeta autoriza tríades. Deus, duas pessoas em um relaciona-mento já é difícil, imagine três.

Kace relaxou um pouco.

— Ele te deu algo.

— Isso? — Ela puxou uma moeda com um símbolo. Parecia um relâmpago estilizado. — Ele disse que alguém tinha dado a ele.

— Não parece uma moeda comum de Carthago.

— Malix disse que não era nada importante. Um convite para uma festa ou algo assim. Ele disse que as pessoas estão sempre tentando cair nas suas graças e o convidam para ir à vários lugares. Ele não queria a moeda, e eu a achei bonita.

O último músculo tenso de Kace relaxou.

— Você percebe que está com ciúmes, certo?

Ele parou e olhou para ela. Antarianos não sentiam ciúme. Ciúme implicava emoções fortes e grande apego.

Rory olhou por cima do seu ombro e arregalou os olhos.

— Ah, meu Deus. Eles estão...?

Ele se virou e viu os dançarinos pintados no palco fazendo um tipo diferente de dança. Uma mulher estava de joelhos, fazendo sexo oral no homem parado na sua frente enquanto outro a tomava por trás.

Rory examinou a sala. Kace a viu observar outras pessoas na pista de dança com as mãos para cima, saias e calças abertas. Das sombras, na extremidade da sala, vinham sons de pele se chocando.

AS MÃOS dela apertaram sua camisa e olhar estava focado nos dançarinos pintados no palco. Ela estava vendo a mulher engolir o pênis do homem enquanto ele movia os quadris para frente.

Instantaneamente, Kace se imaginou com Rory. Ela com as mãos pressionadas em suas coxas, a boca bem aberta enquanto chupava seu pau com os lábios rosados.

— Harper e Raiden estão acenando para nós da porta.

— A voz de Rory estava rouca. — Acho que podemos ir embora agora.

Kace assentiu e deu um passo para trás, quebrando o feitiço. Ele manteve uma distância entre os dois enquanto se juntavam aos outros e voltavam para a Casa de Galen.

Outra rodada de bebidas foi servida e aqui, em sua casa, ele viu os amigos relaxarem de verdade. Observou Rory conversar com Nero, se lembrando daqueles momentos sensuais na pista de dança. Viu seus amigos se divertirem e percebeu que seu olhar se voltava para Raiden e Harper, Thorin e Regan.

Foi um lembrete desagradável de coisas que ele não poderia ter.

Coisas que, de repente, queria muito.

Se levantou e colocou o copo em uma mesa. Saiu da sala.

Ao entrar no corredor, decidiu que iria até a academia e colocaria um pouco dessa tensão para fora.

No ginásio, as luzes se acenderam automaticamente. Olhou para cima e viu a luz que Rory consertou na outra noite.

Rory. Rory era tudo em que ele conseguia pensar.

Ficou lá, no meio do cômodo, sentindo o sangue bombear com força em suas veias. O nervosismo o fez ter vontade de bater em alguma coisa.

Ele se virou para os sacos cheios de gel pendurados no teto. Tirou a camisa que vestiu depois do banho e começou a socar. Bateu com os punhos no saco, esperando reencontrar aquele controle do qual dependeu durante toda a sua vida.

O som de passos leves chamou sua atenção. Ele sabia

quem era e não ergueu os olhos. Continuou torturando a bolsa.

— Pare, Kace — Rory falou baixinho.

— Vá embora — ele retrucou.

— Não.

CAPÍTULO OITO

K ace baixou as mãos, lutando contra o desejo de agarrá-la. Sua respiração ofegante era alta no espaço silencioso.

Rory se moveu atrás dele, que sentiu as mãos dela em suas costas, como o roçar de asas leves como uma pena e então ela beijou seus músculos.

Ele estremeceu.

— Você continua me pressionando.

— Não estou fazendo nada além de te deixar saber que gosto de você, Kace.

— Não quero te machucar, Rory.

— Como você pode me machucar?

Ele se virou. Estavam muito perto e aquelas sardas o provocavam, implorando para que ele contasse cada uma.

— Não existe amor no meu planeta. Nunca vi ou senti isso. Relacionamentos românticos são proibidos. O sexo é tolerado. São coisas que podem atrapalhar a chance de ser um bom soldado.

Ela ofegou.

— Você não tem permissão para amar?

— Não, Rory, não acredito no amor.

— Não acredito em você.

As palavras de Rory fizeram o estômago de Kace se agitar.

— O quê?

— Vi a maneira como você observa Harper e Raiden. Com inveja. — Ela ergueu o queixo teimoso. — Vi a forma como você me olha.

Eles se encararam. Não havia nenhum outro som na sala. Kace disse a si mesmo para ir embora, mas seus pés se recusaram a se mover.

Rory Fraser era como um vórtice, puxando-o em sua direção.

Ela deixou escapar um pequeno suspiro.

— Acho que nós dois precisamos colocar um pouco da tensão para fora. — Ela se afastou e tirou os sapatos. — Vamos lutar.

Kace tinha certeza de que isso não era uma boa ideia, mas ainda assim, não conseguia se afastar.

Ela foi até uma parede de armas e pegou dois pequenos bastões de combate. Eram feitos de madeira gasta.

— Sei que você é um mestre com o bastão, mas você usa esse tipo de vara também? — Ela ofereceu uma.

Ele pegou a vara leve e assentiu. Era muito mais curta que seu bastão e usado de uma maneira completamente diferente.

— Fiz alguns treinamentos com bastão de sayoc em casa. — Ela girou a arma em um movimento experiente, segurando-a por cima do ombro. — O que eu gosto é que o tamanho não importa, a habilidade sim.

Ela foi até ele.

Kace moveu a vara, encontrando a dela. Eles trocaram uma rápida combinação de golpes, as armas se chocando. Ele se afastou enquanto ela o empurrava com movimentos habilidosos e rápidos.

Ela era boa. Muito boa.

Se concentrando, Kace observou seu estilo e cronometrou os movimentos de sua vara. Mas ela variava os ataques, e ele teve que usar cada pedacinho de sua habilidade para bloqueá-la.

Rory se afastou, meio agachada, e eles circularam um ao outro nas esteiras.

— Vamos, Kace. Ataque.

Ele balançou a cabeça.

— Não vou te machucar.

Algo se moveu nos olhos dela.

— Não, claro que não. Você é muito nobre, muito protetor. Um herói.

— Dificilmente. Nasci e fui criado para lutar. As crianças de Antar são enviadas para a escola militar aos três anos.

Ela baixou as mãos, deixando a vara ao lado do corpo.

— Sua família fez isso?

— Não temos famílias, Rory. Não existem unidades familiares em Antar há séculos. Era mais eficiente para as crianças serem treinadas de imediato. Foi decidido que os vínculos familiares promovem laços emocionais. As emoções enfraquecem.

— Isso é loucura. As emoções também podem torná-lo mais forte. Te dar algo pelo que lutar.

— Nós lutamos pela honra. Para o nosso povo.

— Isso não é o mesmo que lutar para proteger as pessoas que você ama. — Ela balançou a cabeça. — Por que seu povo escolheria fazer isso?

— Temos lutado com espécies de um sistema vizinho durante a maior parte da nossa história. Com o tempo, a guerra moldou meu planeta. Para um soldado de Antar, o auge do sucesso na vida é servir ao nosso planeta e combater os alienígenas Hemm'Darr.

— E as crianças que não estão preparadas para lutar? E aquelas que demonstram talento em outras áreas? Artistas, médicos, engenheiros?

— Todo mundo trabalha para os militares. As habilidades das pessoas correspondem a certas funções.

Ele viu a simpatia brilhar em seus olhos.

As mãos dela apertaram a vara.

— E o que você quer?

— Quero servir ao meu povo.

— Isso é porque você passou por uma lavagem cerebral para pensar assim desde o nascimento. — Ela bufou. — Não pode ser isso, pode, Kace? Você tem mais a oferecer.

Suas palavras forçaram uma sensação incômoda, e ele sentiu um nó no peito.

— Chega. Vamos lutar ou não?

Ele se lançou sobre ela, balançando a vara.

Ela girou e se abaixou. Ele mal se virou quando ela veio em sua direção. A arma dela bateu em seu ombro e quando ele rangeu os dentes, ela o chutou na lateral do corpo.

Como um fantasma de Gorran, ela se moveu de novo, de forma rápida e fluida. A vara atingiu a parte inferior das suas costas, e ela se virou novamente, batendo em sua coxa.

Ele grunhiu. *Chega*. Correu na direção dela, passou os braços ao redor de seus quadris e a puxou para o tatame.

Ele ouviu o ar sair de Rory e as duas varas caíram nas esteiras. Ele era muito grande e pesado para ficar em cima dela. Rolou para o lado, mas ela se moveu junto. Com um movimento ágil, ele se viu preso em uma chave de braço. Ela se enrolou nele como uma serpente constritora de Antar.

Kace empurrou contra ela e sentiu seus músculos tremerem enquanto ela se esforçava para segurá-lo.

Mas ele sabia que era mais forte. Empurrou-a novamente e se livrou de seu aperto. Eles rolaram pelas esteiras e desta vez ele a prendeu.

Ele esperava ver olhos zangados. Em vez disso, ela riu.

Kace olhou para ela, para esta mulher brilhante e vibrante com seu cabelo ruivo único e aquelas manchas fascinantes no nariz.

Então ela se inclinou e deu um beijo na nuca. Ela mordiscou a pele, prendendo um tendão entre os dentes.

Instantaneamente, o pau de Kace ficou duro, pressionando contra sua suavidade. O ar ficou quente e carregado.

Ele precisava possui-la. Precisava de algo.

Capturando os lábios dela, ele a consumiu. Rory empurrou contra ele, abrindo a boca. Ele deslizou a língua para dentro, e ela o encontrou.

— Sim, Kace. — Ela pontilhou seu queixo com beijos enquanto passava as mãos em seu cabelo. — Você me excita.

— Quanto? — No passado, sexo sempre foi rápido, clínico. Um impulso para satisfazer uma necessidade. — Me conte.

Ele queria saber tudo sobre dar prazer a essa mulher.

— Meus seios. Parecem cheios. E minha pele está sensível.

Ele se afastou um pouco.

— Me mostre. — Todos os pensamentos fugiram de sua cabeça. Tudo o que ele precisava era vê-la, senti-la e tocá-la. Afundou os dedos no minúsculo pedaço de seda cor de esmeralda que a cobria e puxou-o para longe.

Ela ofegou, deixando os seios pequenos à mostra. Então ele se inclinou e sugou um mamilo.

— Sim. Assim. — Ela cravou os dedos em seu couro cabeludo. — Um pouco mais forte.

Ele fez o que ela pediu e então mudou para o outro mamilo. Ela era perfeita, e ele amava a maneira como seus mamilos escureciam e endureciam.

— O que mais? — ele murmurou em sua pele.

— Minha barriga está com um nó. — Ela prendeu a respiração. — Estou úmida entre as pernas.

Drak. Seu pênis saltou na calça. Ele se moveu para baixo, deixando uma trilha de beijos em sua pele. Beijou sua barriga, passando a língua no umbigo, e a sentiu estremecer. Ele mordiscou seu quadril, e ela arqueou o corpo com a carícia.

Ele abriu a calça de Rory, agarrou o tecido escorregadio e o tirou. Ela estava nua diante dele, deixando à mostra a pele pálida, músculos delicados e mais daquelas sardas enlouquecedoras.

— Ouvi Raiden e Thorin conversando.

Seus olhos verde-dourados piscaram para ele.

— E?

Kace moveu a boca para baixo, pressionando os lábios logo acima do fascinante emaranhado de pelo vermelho entre as pernas dela.

— Eles estavam falando sobre um pequeno feixe de nervos... — Kace deslizou a mão para baixo, abrindo sua intimidade. Ela era bonita, rosada e macia.

Ela deu outra risada gutural.

— Homens. É chamado de clitóris. — Sua voz ficou ofegante. — As mulheres aqui não têm?

— Acredito que fica em um local diferente. — Ele moveu o dedo até que roçou em uma pequena protuberância.

Quando seu corpo estremeceu e um grito foi arrancado de seus lábios, ele soube que tinha encontrado o lugar certo.

— Você... não sabe? — ela perguntou.

— Não estive com uma mulher aqui em Carthago. E as mulheres antarianas encontram prazer na penetração.

— Bem, algumas mulheres da Terra também, mas o clitóris é onde a maior parte da ação acontece.

Quando Kace esfregou o pequeno ponto, sua respiração tornou-se instável.

— Ação?

— Ação... as coisas que você faz quando é bom... — Ela jogou as mãos sobre o tapete. — Acariciar, lamber, chupar.

Kace ficou imóvel.

— Lamber e chupar? — O desejo explodiu dentro dele e o fogo consumiu seu estômago.

— Sim. — Ela ergueu a cabeça. — Kace...

Ele tinha que prová-la. Se inclinou, abriu suas coxas e a lambeu.

— Caramba. — Ela arqueou a coluna.

Ele a segurou e começou a chupar seu clitóris. Enquanto ela gritava seu nome, ele alternava entre lamber e chupar.

Ela era muito receptiva, e ele achou muito fácil identificar o que ela mais gostava. As mãos de Rory estavam em seu cabelo, puxando com força. Seu pênis estava duro e pulsando. E o gosto dela era inebriante demais.

Ele sorriu contra sua pele, gostando de como ela estava ficando louca por ele. Observou cada reação e quando algo tinha uma resposta forte, ele fazia novamente. E de novo.

— Kace!

Ele sentiu seu corpo ficar tenso e soube que seu clímax estava chegando. Se moveu para baixo, estocando a língua dentro dela e lambendo sua umidade.

E então ele voltou para aquela pequena protuberância que era tão fascinante. Ele a chupou.

E com outro arquear de suas costas e um grito selvagem, Rory gozou, gritando seu nome.

RORY SE SENTIA atordoada e muito relaxada. Estava esparramada nas esteiras, sua pele úmida esfriando e a cabeça de Kace pressionada contra sua barriga.

Ela acariciou preguiçosamente seus cabelos grossos, ouvindo sua respiração irregular.

Uma vez que ela pudesse se mover, iria deitá-lo, deixá-lo nu e lamber cada centímetro do corpo dele. Ele tinha acabado de lhe dar um dos melhores e mais alucinantes orgasmos de sua vida.

Ela queria retribuir o favor.

Rory estava prestes a se mover quando ele a empurrou e se levantou.

Ela paralisou. Seu corpo estava rígido, fechado. Certamente, ele não a deixaria... de novo?

Ela se forçou a olhar para cima e o medo se solidificou em seu estômago. O rosto dele parecia dilacerado. Ela viu o desejo guerrear com a culpa e o tormento.

Ele estava indo embora.

De repente, Rory se sentiu terrivelmente nua e exposta. Ela se sentou e puxou as pernas contra o peito. Colocou os braços sobre os seios nus.

— Por quê? — Uma única palavra.

— Porque não tenho permissão para querer você. Não tenho permissão para colocar minhas necessidades antes de meu povo.

Ela observou enquanto as mãos dele flexionavam e se fechavam ao lado do corpo.

— Kace...

— Sinto muito. — Ele se virou e saiu correndo.

Rory deu um tapa no tapete. *Filho da mãe.* Ela estava cansada disso. Ele a tocava e depois ia embora. Isso machucava. Doía muito.

Ela caiu de costas no tapete, olhando para o teto. Mas uma parte dela sentia pena dele. Pôde ver o tormento estampado em sua expressão. Ele a queria, mas isso aparentemente ia contra suas crenças. Ela só estava piorando as coisas para ele.

Teve a triste compreensão de que Kace nunca seria verdadeiramente seu. Mesmo que ele a puxasse para seus braços e se tornasse seu amante, ela nunca seria capaz de competir com seu senso de dever e honra.

Eventualmente, ele a deixaria.

Pela primeira vez na vida, Rory encontrou um problema que não poderia atacar, bater ou resolver por qualquer um de seus métodos usuais.

Lentamente e se sentindo muito velha, se ajoelhou e pegou suas roupas. Se vestiu e saiu do ginásio.

Enquanto caminhava pelos corredores agora silenciosos, sua roupa esfregou na pele sensível e ainda inchada entre suas pernas. Ainda podia sentir a boca e língua de Kace nela. Dentro dela. *Caramba.*

Entrou na área dos alojamentos, que agora estavam totalmente quietos. A festa tinha acabado ou, pelo menos, se mudado para algum lugar mais privado.

Estava quase no corredor que levava aos quartos quando Regan entrou. A prima estava corada, com os olhos brilhantes e a camisola branca cobrindo o corpo nu.

— Ah. Rory. Vim buscar uma bebida. Achei que você já estivesse na cama.

— Estou indo. — O estômago de Rory se apertou de

forma dolorosa. Regan tinha a aparência de uma mulher muito amada.

— O que há de errado? — Regan franziu a testa para ela e estendeu a mão.

— Nada. — Rory evitou o toque da prima.

— Você está com a cara triste. — Uma linha apareceu na testa de Regan. — É o olhar que você esconde sob a sua cara de "saia do meu caminho ou eu vou te bater".

Um sorriso relutante apareceu nos lábios de Rory.

— Eu nunca posso me esconder de você. Não se preocupe, só estou um pouco triste.

Regan abriu os braços e Rory se moveu para um abraço. Ela se inclinou, absorvendo a sensação e o conforto.

— Sei que é difícil — Regan murmurou. — Pensar em todos em casa... e sei o quanto você é próxima da sua família.

Rory abraçou sua prima com mais força. Sentiu uma pontada de culpa por deixar Regan pensar que estava triste por sentir falta de casa. Então ela se afastou e endireitou os ombros. Se ela se deixasse mergulhar em sua miséria, cairia em uma pilha e não se levantaria.

— Volte para o seu gladiador grande e malvado.

Regan hesitou.

— Tem certeza? Poderíamos...

— Vá. — Rory a enxotou. A última coisa que ela queria era bancar a vela. — Estou indo para a cama. — Sozinha.

Ela deixou que Regan fosse buscar algo para beber e foi para o quarto, fechando a porta silenciosamente atrás de si.

O quarto estava inundado pela luz do luar. Se sentindo incrivelmente cansada, Rory tirou as roupas e vestiu uma camisola simples de um ombro só que batia no meio da coxa.

Foi até a janela e olhou para a lua. Teve que se lembrar que não estava sozinha. Não mais. Não como Madeline.

Onde é que você está, Madeline? A outra mulher poderia ver a lua? Ou estava trancada em uma cela sem janelas, sozinha e sofrendo?

Assentindo, Rory subiu na cama.

Deitou-se e tentou não pensar em Kace.

Mas claro, ela pensou em Kace.

Não. Chega de pensar nesse homem. Olhou para o teto e se obrigou a pensar em qualquer coisa, exceto no gladiador forte e sexy que não a queria.

Então ela ouviu um barulho fraco... um som de algo sendo arrastado.

Rory se sentou. Olhou ao redor do quarto. Não viu nada além das sombras inconstantes e as cortinas transparentes nas janelas que eram balançadas por uma leve brisa.

Estava prestes a se deitar quando um barulho de algo deslizando no chão chamou sua atenção.

Lentamente, se sentou e acendeu a luminária ao lado da cama. Olhou ao redor e viu a sombra de algo disparando debaixo da cama.

Com o coração batendo forte, pegou sua caixa e tirou a ferramenta mais próxima. Ela nem olhou, então nem tinha certeza do que era a ferramenta alienígena, mas era pesada e sólida. Ela a ergueu e voltou para a cama. Levantou as cobertas e olhou embaixo da cama.

Nada.

Circulou o móvel. Talvez estivesse imaginando coisas. Foi uma noite muito difícil.

Mas então ela ouviu outro ruído.

Paralisou e algo estourou debaixo da cama.

A criatura veio rapidamente. O vislumbre a fez pensar em uma aranha, com a pele cinza prateada.

Se esquivou para o lado e a besta do tamanho de uma bola de basquete caiu no chão, tentando se equilibrar.

Não. Não é uma aranha. Era mais como um escorpião, com uma cauda pontuda se erguendo com um ferrão afiado na ponta. A única diferença era que tinha mais pernas. Ótimo, era uma aranha-escorpião.

Observou a criatura disparar para frente, então lançou a ferramenta no chão e bateu nela.

Sem emitir um som, a aranha-escorpião se afastou.

Em seguida, disparou para frente novamente, mirando em suas pernas. Segundos depois, uma picada aguda e horrível queimou sua panturrilha esquerda.

Uau. Merda.

Rory deu um chute e a criatura saltou, mais alto do que Rory teria pensado ser possível. Ela largou a ferramenta e agarrou a besta, lutando com ela enquanto apontava o ferrão em direção ao seu rosto.

Se jogou para trás até que suas costas bateram na parede, lutando desesperadamente para manter aquela coisa longe. Viu com horror, quando o ferrão se aproximou, vindo em direção a seus olhos. Virou o pescoço para o lado, e ele bateu na parede. O bicho a apunhalou novamente e ela virou a cabeça na outra direção.

Se esforçando, Rory empurrou o corpo surpreendentemente poderoso da criatura.

— Vá se foder, seu filho da puta feio. Não estou planejando morrer hoje.

CAPÍTULO NOVE

K ace estava deitado em sua cama, e sabia que de jeito nenhum seria capaz de descansar tão cedo.

Estava muito consciente do fato de que Rory estava no quarto ao lado. Apenas uma parede os separava.

O desejo ainda queimava em seu interior. Sua mandíbula travou, e ele olhou para o teto. Mesmo os lençóis leves eram demais em seu corpo nu. Ele os empurrou, então se inclinou e agarrou o pau duro como pedra.

Ele se acariciou e seu gemido silencioso ecoou no quarto. *Drak.* Ele era um soldado antariano e supostamente tinha um controle inabalável.

Fechou os olhos com força, movendo a mão mais rápido, revivendo aqueles momentos no ginásio, os gritos de prazer de Rory. A mulher da Terra o estava arruinando.

De repente, ele ouviu um barulho. Uma pancada na parede entre seus quartos. Franzindo a testa, Kace se sentou.

Houve outra pancada, e ele se esforçou para ouvir

mais, para encontrar a causa. Então ouviu outra coisa. O som fraco de Rory xingando.

Ele deu um pulo. Algo estava errado. Estendeu a mão e pegou o bastão que mantinha ao lado da cama.

Sem parar para pensar, saiu do quarto e, um segundo depois, empurrou a porta do de Rory.

Drak. Ela estava lutando contra um *krath*.

Kace correu pelo cômodo. Ela mal conseguia manter a criatura mortal longe do rosto. A qualquer segundo, o ferrão da besta a acertaria.

Ele agarrou a criatura pelas pernas.

— Solte.

Seu rosto estava vermelho de tensão. Quando seu olhar encontrou o dele, ela assentiu e o soltou.

Ele agarrou a besta, se virou e a lançou com todas as suas forças. Atingiu a parede oposta com um golpe forte e caiu no chão.

Quando o *krath* se levantou, Kace já estava lá. Ergueu seu bastão e apontou para a coisa mortal.

Ele correu para o lado, esquivando-se do golpe. Em seguida, correu para a frente, tentando escapar dele e chegar até Rory.

Ele sabia que uma vez que um *krath* sentia um cheiro, ele nunca desistia.

A criatura saltou. Voou por cima do ombro de Kace e bateu em Rory.

Com um grito de horror, ela caiu no chão, lutando contra o animal.

— Rory!

Kace arrancou o *krath* dela. Quando ela rolou para

longe, ele atacou a *drak* da criatura com seu bastão. Desta vez, não errou.

Deixou escapar um silvo quase silencioso e oscilou, claramente atordoado. Kace bateu várias vezes. A imagem de Rory presa contra a parede, segurando o animal ficou gravada em seu cérebro. Bateu com o bastão novamente e, desta vez, o *krath* caiu de costas, com as pernas contorcidas.

Acertou uma última vez e então, ele parou.

Rory estava encolhida no chão ao lado da cama. Estava ofegante, com o cabelo bagunçado e o rosto corado. Uma camisola simples deixava suas pernas nuas e deixava claro que ela não usava nada por baixo do tecido macio.

— Você está machucada? Ele te picou? — O veneno do *krath* era letal.

— Puta merda. — Ela olhou para a carcaça. — Coisinha desagradável. — Ela estendeu uma perna. — Me arranhou, mas não está doendo agora.

Ele viu a linha vermelha em sua pele, mas não o enegrecimento revelador que indicava envenenamento por *krath*. Se aproximou para dar uma olhada mais de perto, então exalou, aliviado.

— Ele não injetou sua toxina.

Ela assentiu e ergueu a cabeça para olhar para ele. Seu olhar alcançou sua cintura e seus olhos se arregalaram.

Drak. Ele tinha se esquecido de que estava nu. Seu olhar estava preso no pênis ainda duro, alinhado com seu rosto.

O estômago de Kace se contraiu. Ele observou

enquanto Rory umedecia os lábios e seu pênis pulsava.

De repente, a porta se abriu. Os outros entraram – Raiden, Harper, Thorin, Saff, Lore e Nero.

Raiden olhou para uma Rory quase nua, em seguida seu olhar focou no corpo nu de Kace e depois para a carcaça do *krath* morto no chão.

— Mas o quê? — Raiden grunhiu.

Saff estava sorrindo.

— Bem, soldado. Aparentemente, você sabe como proporcionar um bom momento a uma garota.

Drak. Kace puxou o lençol da cama e o enrolou nos quadris.

RORY ESTAVA SENTADA à mesa da sala de estar, segurando uma caneca de *ocla* quente que Saff havia trazido para ela. Ela estava considerando como implorar à mulher por algumas de suas coisas. Tinha gosto de café misturado com chocolate quente.

Exatamente o que ela precisava agora.

Regan colocou um cobertor em volta dos ombros de Rory.

— Como você está se sentindo?

— Melhor. — Suas mãos ainda tremiam um pouco, mas ela não ia admitir isso para ninguém.

Harper foi para o outro lado e apertou seu ombro.

Um segundo depois, Kace entrou. Ele estava de calça, mas sem camisa. Não importava. Ela ainda podia ver a imagem do pênis longo e grosso gravado em seu cérebro.

Aparentemente, alguma criatura alienígena feia

tentando matá-la não era o suficiente para sufocar seu desejo por Kace Tameron.

— Que porcaria era aquela criatura? — Harper exigiu.

— Era um *krath*, um inseto assassino — Kace grunhiu.
— Nossos rivais, os Hemm'Darr, os usam, mas são comuns nos principais sistemas.

— Inseto assassino? — Rory franziu a testa. — Não entendo. O que estaria fazendo no meu quarto?

— Será que entrou pela janela? — Raiden sugeriu.

Kace apertou os lábios.

— Eles escalam bem, mas é um longo caminho, mesmo para um *krath*.

— Então temos um traidor na Casa de Galen. — A voz de Raiden se tornou gelada.

— Alguém o colocou no meu quarto por engano? — Rory ainda não conseguia entender quem iria querer matá-la.

— Isso não é um engano. — Os olhos azuis de Kace pareciam escuros. — Os *kraths* são alimentados com o cheiro da sua presa. Alguém está mesmo tentando te matar.

Deus.

— Por quê?

— Você sabe de alguma uma coisa — ele respondeu.

Rory pousou sua caneca e ergueu as mãos.

— O que eu poderia saber? Não consigo pensar em nada. Tudo o que sei com certeza é que levaria duzentos anos para chegar ao meu planeta, que os Thraxianos são escravocratas cruéis e os Vorn são loucos. Tenho a impressão de que nada disso é novidade para ninguém. Não sei nada de especial sobre nenhum deles.

Kace se ajoelhou na frente dela.

— Pense, Rory.

— Eu não sei.

Seu olhar queimou dentro dela.

— Pense, se você quiser viver.

— Certo, Kace, pare com isso — Raiden falou.

— Você está bem. — Regan passou um braço em volta dos ombros de Rory. — Isso é o principal.

— Os Thraxianos estão brincando conosco.

Rory olhou para cima e viu que Galen havia entrado silenciosamente na sala em algum momento. O imperador estava todo vestido de preto, encostado na parede.

A voz de Galen era sombria e letal.

— Eles estão nos atacando e isso vai parar agora.

— O que podemos fazer? — Saff perguntou.

— Estou cansado de estar na defensiva — Galen disse. — É hora de assumir a ofensiva.

— O maior golpe que podemos dar aos Thraxianos é tirar Madeline Cochran deles — Kace falou. — Eles estão nos provocando com ela, mas não querem que a encontremos.

— Mas estamos procurando — Rory falou. — Como é que a encontraremos?

— Sabemos que eles não a estão mantendo na Casa de Thrax. Então, que outros locais eles usam? — Kace olhou para seus colegas gladiadores. — De quem mais eles são amigos?

Olhando para ele, Rory viu o comandante militar que ele era quando não estava na arena.

— Ninguém é amigo dos Thraxianos — Galen acrescentou —, mas eles têm parceiros de negócios e aliados.

Raiden assentiu.

— Eles têm alguns traficantes desprezíveis que os alimentam com gado fresco para a arena. — Ele olhou para Rory e os outros. — São pessoas que não fazem parte das casas. Eles não têm dinheiro, prestígio ou habilidades para administrar uma casa.

— Os aspirantes — Harper falou.

— Sim — Raiden concordou. — São eles que mais abastecem Carthago.

Galen se virou.

— Rory, você viu algum alienígena em particular trazendo escravos para os Thraxianos?

Rory franziu a testa.

— Sempre havia pessoas indo e vindo. — Ela se forçou a revisitar as memórias. Instantaneamente, sua pele se arrepiou e uma lembrança saltou para o primeiro plano. — Havia alguns alienígenas que visitavam muito. Eles traziam escravos que não eram muito saudáveis. — Ela exalou ruidosamente. — Esses pobres escravos estavam sempre feridos. Como se tivessem saído da arena.

Kace se endireitou.

— Você pode descrevê-los?

— Eles não eram bonitos. Tinham altura mediana, quase o mesmo tamanho de todos vocês, e constituição robusta, mas tinham cabeças e rostos deformados.

— Como assim?

— Cicatrizes e tumores na pele. Como se eles tivessem sofrido queimaduras ou algum tipo de doença.

Kace se levantou, murmurando baixinho. Ela viu os outros gladiadores ficarem rígidos.

— Quem são eles? — perguntou.

Kace fez uma careta.

— O Srinar. Os mestres da luta clandestina.

Rory piscou e olhou para Harper.

— Mestres da luta clandestina?

Sua amiga estava carrancuda e deu de ombros. Ela estava observando os gladiadores com atenção.

— Os Srinar foram quase dizimados por uma praga há décadas — Galen explicou. — Os sobreviventes ficaram terrivelmente desfigurados e incendiaram todo o planeta – as cidades, fazendas, cadáveres, tudo – para erradicá-la.

— Sem mais nada, eles se espalharam pelos sistemas — Kace continuou. — Eles não tinham honra. Acreditavam que o infortúnio lhes dava o direito de tirar dos outros. Se tornaram piratas, contrabandistas, líderes de gangues.

— Aqui em Carthago — Galen continuou —, são a escória. O pior dos piores. Há muitos anos, eles foram banidos da arena e, a partir desse momento, passaram a fornecer escravos de má qualidade e maltratados para casas como a de Thrax. Além disso, acreditamos que eles realizam lutas clandestinas.

Raiden cruzou os braços.

— Sempre houve rumores de um ringue de luta clandestina, localizados bem abaixo da arena e da cidade.

— Tentamos encontrar — Galen acrescentou. — Mas nunca fomos capazes de rastreá-lo. As pessoas que vão para lá são proibidas de falar a respeito. Os poucos que o

fazem sempre aparecem mortos e os corpos ficam irreco-
nhecíveis.

— Imagino que lutar neste ringue subterrâneo não
traga o mesmo tipo de dinheiro e prestígio que a arena
traz — Rory comentou.

— Sim — Galen disse —, mas...

Rory se perguntou o que faria um homem tão forte
quanto Galen parar.

— Mas?

O rosto do imperador permaneceu impassível, mas
ele soltou um longo suspiro.

— Dizem que na arena clandestina, as lutas são
sempre até a morte.

Deus. Rory ficou tensa e ouviu Regan suspirar.
Certamente, Madeline não estava lá.

— Tudo bem, vamos procurar os Srinar pela manhã.
Por enquanto durmam um pouco. — Galen olhou ao
redor da sala. — Alguém precisa cuidar da Rory...

— Eu vou. — O tom de Kace era firme.

Ninguém discutiu com ele. Enquanto todos saíam,
Harper e Regan deram abraços em Rory e Saff deu um
tapinha gentil em seu ombro.

Ótimo. Ela já estava praticamente insone, e agora o
objeto de sua obsessão iria observá-la lutar com seus pesadelos. Que *maravilha*.

Rory voltou para o quarto com Kace parecendo uma
sombra grande e silenciosa atrás dela.

Ela parou na porta e seu pulso acelerou enquanto
examinava cuidadosamente as sombras e ouvia qualquer
ruído revelador.

Kace passou por ela e deu uma volta no quarto. Verificou debaixo da cama, das cadeiras, na pequena varanda. Ele fechou as janelas com força.

— Está limpo.

O estrondo profundo da sua voz a fez se sentir um pouco melhor. Ela se sentou na cama e sabia que não ia dormir de jeito nenhum. Não com tudo o que tinha acontecido, e certamente não com Kace ao seu lado.

Ela olhou para a parede, dividida entre se sentir miserável e muito, muito consciente.

Kace suspirou e se sentou ao lado dela, fazendo a cama afundar com seu peso.

— Você precisa descansar.

— Não durmo mais do que algumas horas por noite desde que cheguei aqui. — Ela colocou uma mecha de cabelo atrás da orelha. — Eu me acostumei a funcionar com descanso limitado.

Ele estendeu a mão e os nós dos dedos roçaram em sua bochecha. Sua garganta ficou apertada, e ela sentiu aquele leve toque até seu núcleo.

— Por favor... — A palavra saiu sufocada. — Não seja gentil comigo. Não aguento quando sei que você vai se afastar novamente.

Ela viu um músculo pulsar em sua mandíbula, e ele abaixou a mão. Uma parte dela lamentou a perda de contato.

Os dois ficaram sentados lá, separados por apenas alguns centímetros de espaço que parecia alguns anos-luz.

Um segundo depois, ele começou a cantar.

Rory olhou para ele, de boca aberta. Sua voz era baixa, profunda e bonita. Ela nunca tinha ouvido uma voz masculina tão melodiosa. Ouviu, extasiada, deixando os tons suaves a rodearem. O fato de que ela não conseguia entender as belas palavras estranhas que fluíam não importava.

Ele fez uma pausa.

— Esses são antigos encantamentos de um soldado de Antar. Eles são cantados para nós quando crianças, e aprendemos a recitá-los em nossas cabeças para nos ajudar a dormir no campo de batalha.

Essas palavras a deixaram triste. Ela imaginou um menino pequeno de olhos azuis deitado na cama, sem braços amorosos para abraçá-lo quando estava sozinho, triste ou doente.

E então ele começou a cantar de novo, e era tão lindo que fez a tristeza desaparecer. Deus, ela poderia ficar aqui para sempre e ouvir este homem cantar.

Lentamente, o sono tomou conta de Rory. Ela se sentia segura com Kace. Não havia necessidade de estar em guarda, nem de lutar. Não havia necessidade de ter medo.

Ela se deitou e descansou a cabeça em seu colo. Viu sua mão hesitar, até que ele acariciou seu cabelo.

Com a voz de Kace em seus ouvidos e a mão brincando com seu cabelo, Rory caiu no sono.

CAPÍTULO DEZ

— **D**roga! — Rory jogou o copo pela sala. Ele bateu em um sofá, ricocheteou e caiu sobre um tapete, ileso.

Ela se levantou e caminhou pela sala de estar.

Se virou, jogando as mãos para o ar.

— Não consigo nem quebrar um copo direito!

Kace ficou onde estava, encostado na parede. Ela esteve assim o dia todo – cheia de energia, nervosa e resmungando baixinho.

Ele não conseguia tirar os olhos dela.

Assim como na noite anterior, enquanto a observava dormir. Sentiu uma profunda satisfação por ela ter dormido ao seu lado pelo resto da noite.

Ele olhou para a tela na parede. Estava cheia de informações que Zhim havia enviado, e Rory ficou analisando tudo o dia todo. Mas não descobriu nada que pudesse ajudá-la a entender por que alguém a queria morta, onde Madeline estava ou como encontrar o ringue subterrâneo. Daí esta explosão.

Ele havia perdido a conta de suas impressionantes demonstrações de temperamento. Regan havia lhe dito que era comum na Terra acreditarem que pessoas com cabelos ruivos tinham temperamento selvagem. Até agora, Rory não provou que essa teoria estava errada.

— Você deveria...

Ela se virou para ele com os olhos verdes faiscando.

— Se me disser para recitar um cântico de novo, vou socar sua cara.

Kace levantou uma sobrancelha. Isso demonstrou o quanto ele havia se afastado da perfeição militar de Antar. Essa mulher furiosa ameaçando-o o excitava.

— Não há nada nesses dados sobre lutas clandestinas ou como encontrá-las. — Ela colocou as mãos nos quadris.

— É um segredo bem guardado — ele respondeu. — Eu te disse que você não ia encontrar nada.

Ela fez um barulho estrangulado e voltou a andar.

Kace esfregou o queixo, pensativo. Rory precisava fazer algo para aliviar a tensão ou iria implodir.

— Quer treinar no ginásio?

Ela bufou.

— Se lembra do que aconteceu da última vez que fizemos isso?

Sim. Ele se lembrava. De cada detalhe glorioso.

— Quero encontrar a Madeline — ela disse. — Quero descobrir por que alguém quer me matar.

Kace também. Mas acima de tudo, ele só queria cuidar de Rory. Passou a noite no quarto com ela, observando-a dormir e ouvindo sua respiração. Ela não era o tipo de pessoa que tinha um sono tranquilo. Se revirava e usava cada centímetro de sua cama.

Se ela compartilhasse a cama com ele, Kace a manteria no lugar e garantiria que ela dormisse o quanto precisava. Engoliu em seco. Ele não deveria ter esse tipo de pensamento. Tentou relembrar do Código Militar de Antar para repassá-lo em sua cabeça.

Mas ao observar as pernas de Rory enquanto ela continuava a se mover, o Código parecia um sonho distante escrito em uma língua estranha.

— Você precisa de uma pausa — ele disse.

— Não.

— Sim.

— Você não é meu chefe. — Ela franziu o nariz. — Ah, Deus, você me faz parecer uma criança em idade pré-escolar.

Kace não tinha certeza do que era uma criança em idade pré-escolar, mas achou que ela não estava feliz em agir como uma.

Ela caminhou até ele.

— Me leve aos mercados de Kor Magna. Quero perguntar por aí e ver se alguém viu a Madeline ou sabe como ir até o ringue de lutas clandestinas.

Ele cruzou os braços sobre o peito.

— Você quer o quê?

— Os Srinar estão lá embaixo em algum lugar. E também as respostas de que precisamos.

Kace balançou a cabeça. Esta era uma ideia perigosa.

— O ringue da luta fica escondido e você nunca encontrará pessoas dispostas a falar sobre isso. Se começar a fazer perguntas, alguém virá para te calar.

— Tenho certeza de que os Thraxianos já estão tentando me matar.

— Mais uma razão para não desfilar no mercado. — Ele tocou seu cabelo. — Isso é incomum demais.

— Vou tomar cuidado e usar uma capa. Não sou idiota, Kace. É por isso que estou pedindo que você me acompanhe.

Com seu olhar direto sobre ele, implorando, ele sentiu sua determinação vacilar.

— Ninguém vai falar.

— Nunca vou saber a menos que tente.

— Não. — Kace era conhecido em Antar por emitir pedidos firmes. Por dar ordens que ninguém questionava.

Então, ele ficou mais que um pouco confuso quando, meia hora depois, se viu descendo a rampa do poço em espiral para dentro dos mercados de Kor Magna com Rory ao seu lado.

A rede subterrânea de túneis se abriu diante deles. Estava lotado de barracas e pessoas. Ele sentiu o cheiro de comida fresca e ouviu uma confusão de vozes – algumas se elevavam enquanto vendiam seus produtos. Os túneis eram iluminados por luzes filtradas por outros buracos e lâmpadas laranja presas às paredes de pedra esculpida.

No distrito, os turistas podiam encontrar tudo o que desejavam: jogos de azar, drogas e sexo. Nos mercados, os habitantes podiam encontrar tudo o que queriam: comida, roupas, artesanato e armas.

Kace observou Rory absorver tudo. Harper e Raiden deram um passo atrás deles.

— Só para constar, ainda acho que é uma péssima ideia — Raiden resmungou.

— Você não é o único — Kace falou.

Mas Rory o convenceu, e Harper e Raiden concordaram em vir para ajudar a protegê-la enquanto estivessem aqui. Kace já havia sido dominado uma vez antes e Regan havia sido sequestrada. Ele não ia cometer o mesmo erro novamente.

Eles passaram pelo centro principal do mercado e suas barracas lotadas. Notou Rory olhando as barracas cheias de armas e aparelhos tecnológicos. Mas se quisessem encontrar um caminho para os ringues de luta clandestinos, teriam que entrar nos recessos mais profundos e escuros do mercado.

Pegando um túnel lateral, eles se moveram para uma área onde os corredores eram mais estreitos e as sombras ficavam mais longas. Aqui, menos lanternas brilhavam na rocha e grupos de pessoas se reuniam para vadiar. Não eram os donos de barracas e compradores sorridentes e mais prósperos da parte principal do mercado. Essas pessoas vestiam roupas esfarrapadas, portavam armas abertamente e os rostos magros demonstravam desespero, medo e suspeita.

Kace não gostou da maneira como alguns dos homens olhavam para Rory. Fez contato visual com alguns e depois de algumas carrancas, eles desviaram o olhar.

Rory se aproximou de um grupo de homens e mulheres mais velhos segurando cestas cheias de frutas e vegetais.

— Olá, meu nome é Rory, estou procurando uma amiga.

Algumas pessoas foram educadas, mas ninguém reconheceu a descrição de Madeline. Assim que Rory mencionou os ringues de luta, as pessoas se calaram e fugiram. Enquanto se moviam para outro túnel, Kace viu que a notícia tinha se espalhado. A maioria das pessoas se esquivava antes que Rory pudesse alcançá-los.

Ela suspirou.

— Nada. — Ela balançou a cabeça. — Mas posso dizer que as pessoas sabem de algo.

Kace compartilhou um olhar com Raiden. Sim, essa era a sua opinião também. Algumas pessoas não foram rápidas o suficiente para esconder as reações.

À medida que avançavam pelos túneis, Kace mantinha sua atenção em movimento. Notou uma mulher idosa os observando de uma entrada de túnel próxima. Ela observava do canto, olhando para Rory. Quando percebeu que Kace a notou, ela se afastou e desapareceu.

Mas quando eles se moveram para um novo conjunto de túneis, e Harper e Rory pararam para conversar com um grupinho de jovens, ele avistou a senhora novamente.

Ela estava coberta por uma capa feita de tecido cinza rústico, com capuz puxado sobre a cabeça. Ele só podia ver a parte inferior de seu rosto enrugado, mas também viu cicatrizes. Suas costas estavam inclinadas de uma maneira que devia doer.

Ele levou um segundo para perceber o que ela era. Uma ex-gladiadora.

Ela devia ter lutado na arena há anos, e se ferido várias vezes. Antes do surgimento da medicina de alta tecnologia que as casas usavam hoje para curar e manter os gladiadores nas melhores condições físicas.

Eles se aproximaram e, desta vez, a mulher não saiu correndo.

Ela se moveu e suas mãos cheias de calos torceram a capa.

— Vi sua amiga. — Sua voz era pouco mais que um sussurro rouco.

Rory ergueu os olhos e estendeu a mão.

— O que você pode me contar...?

A mulher balançou a cabeça, puxando a capa ao redor de si com força.

— Aqui, não. Há muitas pessoas ouvindo. Venham comigo.

Rory e Harper seguiram a mulher no mesmo instante. Kace e Raiden trocaram um olhar e as acompanharam. Kace sabia que o outro gladiador estava pensando a mesma coisa: isso poderia ser uma armadilha.

Kace estendeu a mão para trás e tocou seu bastão. Pronto para que ele o pegasse quando necessário. Ele notou que Raiden estava com a mão apoiada no cabo da sua espada.

Eles seguiram a mulher por alguns túneis mais velhos e tortuosos, manchados de grafite. Ela os conduziu por uma porta estreita.

Um grande ventilador girava na parede e o zumbido do equipamento chegou aos ouvidos de Kace. Ele percebeu que era uma espécie de sala de ventilação que mantinha o ar circulando pelos túneis subterrâneos do mercado.

— Não posso arriscar que ninguém me ouça — a mulher disse.

— Qual é o seu nome? — Rory perguntou.

— Hilea.

Rory estendeu a mão para segurar a da mulher, mas hesitou e não fez contato.

— Você viu nossa amiga, Hilea?

A idosa assentiu.

— Sim. Sim, eu a vi. Cabelo escuro que termina aqui... — Hilea bateu com a palma da mão no queixo.

Kace viu Rory ofegar.

— Isso mesmo. Onde ela está? Onde você a viu?

— No subsolo... — De repente, os olhos escuros de Hilea ficaram inexpressivos. Ela piscou para todos eles e a confusão parecia contorcer as cicatrizes em seu rosto. — Quem são vocês?

Kace ficou imóvel, estudando a mulher. Ele viu Rory e Harper trocarem um olhar perplexo.

— Você nos trouxe aqui — Rory respondeu. — Hilea, você disse que viu a minha amiga. Você ia me contar sobre os ringues de luta clandestina.

A velha piscou. Ela pressionou a palma da mão no lado da cabeça e bateu algumas vezes. Kace já tinha visto isso antes – Hilea sofreu um ferimento na cabeça.

— Você pediu para falar conosco — Rory continuou.

De repente, o olhar da mulher se aguçou.

— Certo. Certo. Você está procurando sua amiga.

— Minha amiga. O nome dela é Madeline e ela é pequena como eu — Rory respondeu.

Os olhos da mulher focaram em Rory e Harper.

— A mulher da Terra.

Rory estendeu a mão, mas a idosa se afastou antes que ela pudesse tocá-la.

Kace sentiu uma onda de simpatia. Hilea foi usada e

cuspida pela arena, e agora ela estava aqui, vivendo como um rato.

— Os Thraxianos a chamam de isca — a mulher falou. — Eles querem você, a mulher de cabelo vermelho, morta.

Kace respirou fundo e viu a mandíbula de Rory tensionar. Então os culpados eram os Thraxianos.

— Por quê?

— Você tem o Talos.

Talos? Kace franziu a testa. O que era Talos?

— Não sabemos o que é o Talos — Raiden falou.

— Pode nos dizer o que é isso, Hilea? — Rory perguntou.

Hilea começou a piscar.

— Quem são vocês? — Ela pressionou a palma da mão na têmpora.

Rory suspirou.

— Você pediu para falar conosco. Pode me dizer onde ficam os ringues de luta clandestina?

O medo cobriu o rosto da mulher.

— Não vá até lá.

— Eu tenho que encontrar minha amiga.

A mulher balançou a cabeça.

— Não vá até lá. Esse lugar pode acabar com uma pessoa. Você pode nunca mais juntar os cacos. Nem se recompor. — Hilea agarrou o braço de Rory e suas unhas irregulares cravaram na sua pele. — Não vá até lá.

Hilea cambaleou e abriu a palma da mão. Nela, havia uma pequena moeda com uma imagem. Ela olhou para todos eles, depois se virou e saiu correndo. A moeda caiu no chão com um tilintar metálico.

Rory se abaixou e a pegou.

— O que é isso?

A moeda era de uma cor de cobre brilhante, marcada com um relâmpago estilizado.

Kace olhou para a moeda com o cenho franzido. Parecia familiar.

— Isso não é uma moeda local — Raiden comentou.

Rory ofegou.

— Parece a moeda que o Malix me deu.

A lembrança atingiu Kace.

— O patrocinador da festa.

Ela assentiu, acariciando a moeda.

— Ele disse que era um convite para algo.

Raiden franziu a testa.

— Precisamos encontrar alguém que saiba o que é. Alguém com muitas informações.

Kace fez uma careta.

— Parece que precisamos falar com Zhim de novo.

CAPÍTULO ONZE

R ory cerrou os dedos ao redor da moeda, sentindo as pontas cortarem sua pele. Estavam de volta à parte principal do mercado, em direção à saída. Ela estava nervosa e insatisfeita. Queria encontrar Madeline ou, pelo menos, a localização dos ringues subterrâneos.

Mas ela lembrou a si mesma que tinham mais pistas agora.

— Rory, espere. — A mão de Kace envolveu seu braço. — Você está bem? — Ele observou seu rosto.

Ela deu um longo suspiro e sentiu o cheiro dele. Isso a estabilizou. Era tão forte e seguro quanto ele.

— Não. Mas temos algo com que trabalhar agora.

Ele assentiu e a puxou para uma loja perto da entrada. Harper e Raiden pararam nas proximidades, esperando por eles.

— Por que estamos parando? — ela perguntou.

— Preciso pegar algo.

O dono da loja, um homem alto e magro com cabelos grisalhos e uma mancha de escamas na testa, sorriu para eles. Kace se inclinou e começou a falar baixinho com o homem. A longa mesa estava carregada de eletrônicos. Havia telas, aparelhos que ela não conseguia identificar e o equivalente estranho a tablets e computadores.

Seu interesse aumentou, e ela tocou em algumas coisas. Viu um robôzinho perfeitamente construído. Um brinquedo de criança, imaginou.

Rory não prestou muita atenção em Kace até que ela o ouviu levantar um pouco a voz.

— Sei que você os têm. Quero um.

Os olhos do lojista brilharam, considerando o pedido.

— Eles são caros, gladiador.

Kace ergueu um símbolo com o logotipo da Casa de Galen.

— Isso não é problema.

Com um aceno de cabeça, o dono da loja remexeu embaixo da bancada e voltou com uma caixa de tamanho médio. Ele a entregou a Kace.

— O que é isso? — Rory perguntou.

— Um presente. Você terá que esperar até chegarmos para abri-lo.

Um sorriso apareceu nos lábios dela. Ele lhe comprou um presente. Olhou a caixa, morrendo de curiosidade.

Logo, eles deixaram os mercados e voltaram para a cidade. Em pouco tempo, estavam de volta a Casa de Galen.

— Rory? — A voz profunda de Raiden ressoou ao lado dela.

Ela se virou para olhar para o gladiador.

— Sim?

— Posso ficar com a moeda? Vou falar com o Galen e entrar em contato com Zhim.

Com um aceno de cabeça, ela colocou o objeto na mão de Raiden.

— Quanto tempo você acha que vai demorar para ele nos dizer alguma coisa?

Raiden tocou seu ombro.

— Com Zhim, nunca se sabe. Tenha paciência.

Paciência. *Certo*. Enquanto estava sentada aqui, imaginou a pobre Madeline presa em algum ringue de luta clandestino. Pensou em Hilea, sobre como ela estava machucada e traumatizada.

— Vamos. — Kace conduziu Rory para a sala de estar. Ele colocou a caixa na mesa. — Vá em frente. — Ele acenou com a cabeça.

— Estou bem ciente de que você está apenas tentando me distrair. — Ela abriu a parte superior da caixa com cuidado.

Um sorrisinho surgiu nos lábios de Kace.

— Está funcionando?

— Sim. — O rosto perfeito e bonito do homem era perturbador. Um desejo se espalhou dentro dela e Rory teve que lembrar a si mesma de que Kace tinha outras prioridades, outros deveres.

Ela olhou para dentro da caixa. Uma pequena cabeça apareceu, e ela deu um passo para trás, deixando escapar um suspiro baixo.

A cabeça era feita de plástico preto liso, com luzes douradas brilhantes, assim como os olhos. A cabeça se inclinou para o lado enquanto estudava Rory, em seguida ergueu duas patas perfeitamente formadas para a borda da caixa.

A coisa fez um barulho que parecia mecânico para ela. Com um único salto, a criatura saiu da caixa e pulou na mesa.

Não, não era uma criatura. Era um robô. Um animal mecânico parecido com um cachorro.

— Vi pessoas no Distrito com eles — Kace falou. — É um animal de estimação mecânico. Achei que você gostaria de um.

Rory observou, surpresa, enquanto o pequeno robô do tamanho de um cachorrinho andava ao redor, parecendo farejar a mesa. Ela sabia que a coisa não tinha olfato, mas possivelmente sensores. Luzes piscaram na lateral do cachorro. Sua cabeça era preta, mas seu corpo era feito de metal cinza.

Ele a olhou e se aproximou, cutucando sua mão com a cabeça. Queria ser afagado.

Com uma risada, ela concordou, esfregando a cabeça dele e, em seguida, passou a mão pelo corpo macio. Ele fez outro barulho e saltou da mesa. Em seguida, começou a explorar a sala.

— Eles são feitos em um planeta chamado Zayno — Kace explicou. — Sua tecnologia é muito avançada, incluindo algumas das melhores inteligências artificiais.

Rory observou enquanto o cachorro pulava em um sofá, circulando como um animal de estimação faria e então se sentou como se fosse tirar uma soneca.

Kace comprou um animal de estimação para ela, porque sabia que ela estava chateada. Ela olhou para o gladiador, absorvendo os traços duros de seu rosto.

— Você vai ter que pensar em um nome para ele — Kace disse.

Ele sentia algo por ela, mas continuava se contendo. Ela sabia que ele estava dividido entre ser o soldado antariano perfeito e estar com ela.

Havia muito dentro dela agora. Ela tinha perdido tudo. Estava com medo de que os Thraxianos matassem Madeline e que Kace partisse seu coração.

Kace não era dela e nunca seria.

O cachorro ergueu a cabeça e olhou para ela. Ele soltou um gemido, como se pudesse detectar sua agitação.

— Eu não posso fazer isso.

Kace inclinou a cabeça. Seu sorriso desapareceu.

— Rory...

— Não posso ficar perto de você, Kace. Você está sendo legal comigo, e eu te quero, mas sei que estou fazendo você questionar votos que são importantes para você. Mesmo assim, quero que você me agarre, me toque e esteja comigo.

O rosto dele estava assustadoramente inexpressivo.

— Eu... não consigo fazer isso. — Rory se recompôs. — Obrigada por esse carinha. — Ela se aproximou, pegou o animal de estimação mecânico e saiu da sala. Entrou em seu quarto, colocou o cachorro na cama e bateu a porta atrás de si.

Isso não a fez se sentir melhor.

O cachorro ganiu baixinho.

Rory se jogou na cama ao lado da adorável criatura.

— Sim, eu sei exatamente como você se sente.

— ZHIM ESTÁ BUSCANDO informações sobre o termo Talos — Galen disse. — Também enviei a ele imagens das moedas que Rory recebeu do patrocinador e da mulher.

— Alguma coisa? — Kace perguntou.

Eles estavam no escritório de Galen. As grandes janelas em arco atrás da mesa enorme davam uma visão perfeita da arena de treinamento e dos recrutas que estavam ocupados, treinando. Kace teve um vislumbre da forma alta de Saff enquanto ela os colocava à prova.

Ele viu um lampejo vermelho e viu Rory na areia também. Ela estava parada ao lado de Harper, as duas segurando redes.

Só de olhar para ela sentiu seu peito apertar.

Galen se recostou na cadeira.

— Zhim reconheceu a moeda. É um convite para os ringues de luta clandestinos. Você precisa mostrá-la para passar pela porta.

— Certo, mas isso nos ajuda a *encontrar* a porta de entrada?

Galen balançou a cabeça.

Drak.

— E o termo Talos?

Novamente, Galen balançou a cabeça.

— Nada ainda.

Kace respirou fundo.

— Como a Rory está? — Galen perguntou.

— Ela é durona. — Sim. Ela era durona. Também era a mulher mais irritante e fascinante que ele já conheceu. A mulher o deixou em conflito. Estava se afogando em todas essas emoções desconhecidas. Emoções que normalmente não sentia, que geralmente conseguia controlar.

— Ela está treinando com a Harper — Galen comentou.

Kace concordou. Ela estava cercada por gladiadores, no coração da Casa de Galen. Estava segura, e isso era tudo que importava para Kace.

— Precisamos descobrir por que os Thraxianos a querem morta, G. — As mãos de Kace se fecharam em punhos. — Eles...

Bum.

Os dois congelaram. Kace segurou a borda da mesa enquanto as paredes e o chão tremiam.

Que merda foi essa?

Galen ficou de pé e os dois correram para olhar para a arena de treinamento.

O coração de Kace parou. Um incêndio atingiu o centro da arena.

Sem uma palavra, os dois começaram a correr. Correram até a porta e pelo corredor, indo para a arena de treinamento.

Segundos depois, Kace irrompeu na areia, três passos à frente de Galen. Gladiadores e novos recrutas circulavam pela arena, confusos e desorientados, alguns com sangue escorrendo pelo rosto e peito. Outros caíram no chão com ferimentos terríveis enquanto os que ainda estavam de pé ajudavam os feridos.

Em um instante, ele afastou os pensamentos sobre seus companheiros de casa e se concentrou no centro da arena. Uma parede gigante, circular, de chamas vermelhas e douradas se erguia, mais do que o dobro de sua altura. Harper e Raiden estavam perto dela, com a atenção em Rory.

Ela estava presa no centro das chamas com o animal de estimação encolhido ao seu lado.

Rory. Kace avançou.

— Não, Kace... — Galen gritou atrás dele.

Kace ignorou o imperador e correu em direção à parede de chamas. Ao passar por um suporte de armas, agarrou uma faixa metálica. Bateu a faixa no pulso, sem perder a velocidade e com uma sacudida e um pensamento, o escudo de energia tarion se estendeu na sua frente.

Ele saltou através da parede de chamas.

O escudo recebeu o impacto do calor, mas ainda assim, Kace sentiu a lambida do fogo em sua pele. Um segundo depois, afastou as chamas e rolou pela areia.

Ele ficou de pé e segurou Rory.

— Você está machucada?

Ela estava com uma expressão aturdida, mas estava de pé. Um lado de seu rosto estava coberto de queimaduras, mas ela balançou a cabeça.

— Não consigo te ouvir! — ela gritou alto, batendo em seu ouvido.

Ele a puxou contra o peito, tentando não esmagá-la com a força de seu aperto. Estava viva, e ele queria abraçá-la o mais forte que pudesse e nunca mais soltá-la.

— O animal de estimação pulou em cima de mim — ela gritou novamente.

Kace olhou para o animal mecânico. Um de seus flancos estava chamuscado e um pouco amassado. Sua língua pendia para fora da boca.

— Então ele tem minha gratidão eterna — Kace falou.

Quando Rory se aconchegou nele, agarrando-o, ele a puxou para ainda mais perto.

— Que bom que você está aqui, gladiador.

Ele estava feliz por ela estar viva. Através das chamas, ele podia ver Galen e Raiden direcionando os demais para apagarem o fogo.

— Estou... me sentindo um pouco tonta. — Seu rosto ficou pálido e suas sardas se destacaram nas partes da pele que não foram queimadas.

Kace olhou para o fogo novamente. Levaria muito tempo para o apagarem. Rory precisava dos curandeiros agora.

Ele se curvou e a pegou nos braços. Ergueu o pulso e o tarion se estendeu novamente. Ele soltou um assobio agudo para o cachorro e então correu. Se curvou ao redor de Rory enquanto saltava através da parede de fogo.

Os outros os cercaram em um instante.

— Ela está bem? — Harper questionou.

Kace segurou Rory com força.

— Ela está viva. Um pouco chamuscada.

— Estou bem. — Com a audição afetada, Rory ainda estava gritando. O cachorro rastejou pelo grupo e se jogou aos pés de Rory.

Kace olhou para Raiden.

— O que foi que aconteceu?

— Havia um conjunto de explosivos embaixo da areia no centro da arena — Raiden falou. — Logo abaixo da área de treinamento de rede.

— Felizmente, eu tenho um temperamento ruim — Rory disse em voz alta. — Eu tive um ataque quando errei a mira. Joguei um segundo dispositivo de rede na areia com raiva e ele acionou algo.

Portanto, foi pura sorte ela não ter sido morta. As mãos de Kace começaram a tremer. Não havia dúvida para ele que o explosivo foi armado para matá-la.

— Ela precisa dos curandeiros — Kace declarou, mantendo a voz o mais comedida que podia. — Vou cuidar dela. — Ele lançou um olhar duro ao imperador. *E protegê-la.*

Galen assentiu.

— Vamos investigar o que aconteceu aqui. — Seu olhar gelado analisou a arena de treinamento. — Se tivermos um traidor na Casa de Galen, será encontrado... e punido.

— Alguém pode cuidar do Hero? — Rory gritou.

— Quem? — Kace franziu a testa para ela.

— Meu cachorro.

Kace olhou para Raiden e acenou com a cabeça para o animal de estimação mecânico. Raiden olhou a máquina amassada de forma impassível e assentiu.

Kace entrou e foi direto para o departamento médico. Já estava ocupado com outros feridos na explosão.

— Eu estou bem — Rory falou.

Ele a ignorou e a colocou na cama. Quando ela tentou se sentar, ele lhe deu um olhar severo.

— Vou te prender se for preciso.

Ela bufou e se deitou de volta no travesseiro.

Um curandeiro Hermia alto e esguio se aproximou, usando vestes cor de areia e com o rosto sereno. A raça sem gênero era conhecida como um dos melhores curandeiros da galáxia, com a habilidade de manipular energia biológica para curar.

O curandeiro passou um scanner em Rory.

— Pequenas queimaduras e alguns danos internos aos seus ouvidos. Você teve sorte.

O curandeiro pegou um dispositivo longo e fino, com uma extremidade brilhante e o inseriu nos ouvidos de Rory, primeiro um lado, depois o outro.

— Como está? — o curandeiro perguntou.

Rory inclinou a cabeça de um lado para o outro.

— Muito melhor. — Sua voz estava de volta ao volume normal.

O curandeiro aplicou gel medicinal nas queimaduras de Rory. Felizmente, era o gel aprimorado que Regan havia criado. Kace observou enquanto as queimaduras de Rory desapareciam em apenas alguns minutos.

— Alguém tentou me matar de novo — ela falou baixinho. Não foi uma pergunta.

Por um segundo, a imagem de Rory caída na areia, sem vida, apareceu na cabeça de Kace.

Ele a pegou no colo.

— Ela virá comigo — ele disse ao Hermia.

O curandeiro não respondeu, mas Kace viu o olhar resignado em seu rosto. Eles estavam acostumados a lidar com gladiadores exigentes.

Kace caminhou em direção ao seu quarto. Ao passar pela sala de estar, avistou dois trabalhadores.

— Informe a cozinha que preciso de um prato de comida no meu quarto, por favor.

Os trabalhadores concordaram.

— Sim, gladiador.

Assim que ele entrou no quarto, fechou e trancou a porta. Levou Rory para o banheiro, a sentou na banheira e começou a enchê-la.

Ela o observou em silêncio.

Ele se virou e começou a tirar as roupas queimadas com cuidado.

— Não sou delicada — ela falou.

— Eu sei. — Ele sabia o quanto ela era forte. Ele tirou a camisa de seus braços.

— Você está agindo como se eu fosse frágil.

— Você foi atingida em uma explosão, Rory. Me deixe cuidar de você.

Assim que ela ficou nua, ele se forçou a não olhar para ela do jeito que queria e ajudou-a a entrar na banheira. Ela soltou um gemido baixo e se recostou.

Ele ouviu uma batida na porta do quarto. A comida. Ele saiu e a pegou, agradecendo em um murmúrio. Quando começou a fechar a porta, um pequeno corpo se contorceu para dentro.

Kace olhou para o cachorro-robô. O animal o olhou de volta, com a língua para fora.

— Não me faça me arrepender de ter comprado você. — Mas ele sabia que esta pequena máquina havia tentado proteger Rory e por isso, ele estava grato.

Ele colocou a comida ao lado da cama e voltou para Rory com Hero trotando ao seu lado. Ela estava com a cabeça apoiada na borda da banheira e os olhos fechados.

— Alguém queria te ver.

Ela abriu os olhos e sorriu para o cachorro.

— Olá, garoto. — Então ela afundou mais na água. — Não quero que ele me veja nua.

— Ele é uma máquina.

— E tenho certeza de que ele tem câmeras. — Ela semicerrou os olhos ao ver o lado do animal danificado. — Preciso consertá-lo.

— Por enquanto, vou encontrar um lugar para ele descansar. — Kace levou o cachorro para a pequena varanda de seu quarto. Ele gesticulou para uma das cadeiras e Hero pulou na almofada. Ele se enrolou em uma bola e Kace deu um tapinha na cabeça do cachorro. — Bom trabalho hoje, Hero.

Kace não perdeu tempo e voltou para Rory. Ele pegou uma esponja.

— Incline-se para frente. — Ele começou a lavar as costas dela. A pele estava imaculada, mas na sua cabeça, ele a imaginou queimada.

— Não quero que você me trate como se eu fosse quebrar — ela disse, mal-humorada.

Ele continuou passando a esponja sobre sua pele incrivelmente lisa. Ela era tão pequena, e alguém quase a destruiu.

— Como você quer que eu te trate? — ele perguntou em um murmúrio.

Ela olhou por cima do ombro, com o cabelo ruivo caindo sobre a pele macia.

— Como uma mulher.

CAPÍTULO DOZE

Rory não conseguia tirar os olhos de Kace.

Ele se ajoelhou ali, todo composto. Seu banheiro era limpo e arrumado, e o vislumbre que ela teve do quarto não mostrava nenhuma roupa suja caída no chão, nem decoração. Seu gladiador era muito disciplinado, mas ela sentia a paixão dentro dele.

Eles se encararam, e ela sentiu o desejo poderoso entre eles pulsar.

— Eu te quero, Rory. — As palavras foram arrancadas dele.

Ela umedeceu os lábios.

— Contra o seu melhor julgamento...

— Não. — Ela viu os músculos do pescoço dele tensos. — Um soldado antariano é, acima de tudo, honesto. Não fui honesto com você ou comigo mesmo. Eu te quero, Rory. Desde a primeira vez, quando você me deu um soco na cara.

Uma risada escapou dela.

— Você realmente quer isso?

Ele estendeu a mão e segurou a dela.

— Sim.

— Tem certeza?

— Eu quase te perdi. — Seus dedos apertaram os dela.

Rory ficou chocada ao descobrir que a mão dele tremia.

— Você é minha. — Sua voz suave se aprofundou em um grunhido rouco. —Ninguém vai te machucar. Eu vou te manter em segurança. Protegida.

Ela acreditou em cada palavra. E acreditou no desejo ardente que viu queimar em seus olhos.

— Tire a roupa, gladiador. — Ela mal reconheceu sua voz rouca.

Ele se levantou e, com movimentos metódicos, se despiu.

Rory apenas se permitiu olhar para ele. Sua atenção foi atraída para os músculos tensos de seu peito. Sua pele era toda bronzeada e a própria definição de força. Olhou para os ombros largos e os músculos sólidos e cheios de veias de seus bíceps e antebraços. Todo aquele esforço com o bastão o deixou moldado à perfeição. Seu olhar vagou para baixo, no abdômen esculpido e o V dos músculos que conduziam para baixo. Ela engoliu em seco. O comprimento longo do seu pênis surgiu, orgulhoso e cheio de desejo.

Rory ficou de pé na banheira, com a água escorrendo por seu corpo.

Agora foi a vez de Kace deixar seus olhos vagarem pelo corpo dela. Rory nunca foi tímida. Ela sabia que não tinha o corpo forte de Harper ou as curvas sensuais de Regan, mas estava confortável com sua forma esguia e tonificada. Quando viu a cor fraca tingindo as maçãs do rosto dele, nunca se sentiu mais sexy.

Ela não o viu se mover, mas de repente, ele entrou na banheira e a puxou contra seu peito duro. Sua boca cobriu a dela em um beijo forte e punitivo.

Ah, ele tinha um gosto tão bom. Ela deixou as mãos vagarem sobre seus ombros fortes, descendo por seus flancos. Todos aqueles lindos músculos, apenas um pouco mais esguios do que a maioria dos outros gladiadores. Todos dela.

As bocas se afastaram e ele cobriu seu nariz e bochechas de beijos. Demorou um segundo para perceber que ele estava beijando suas sardas. Em seguida, os lábios dele desceram por sua mandíbula e pescoço. Ele a curvou para trás, segurando-a com facilidade. Ele era muito forte e a fazia se sentir protegida. Rory nunca soube o quanto queria isso, e realmente lutou contra esse sentimento durante toda a sua vida. Mas agora, voltando ao básico, ela compreendeu o que sempre quis.

A mão dele segurou um dos seios, e ela soltou um gemido ofegante. Ele acariciou suavemente seu mamilo, e ela umedeceu os lábios. Se seu gladiador achava que eles teriam uma transa doce e lenta, estava completamente enganado.

Ele a ergueu e sua boca cobriu o seio pequeno. Ah. Ela gemeu e passou as mãos em seus cabelos. Ela conduziu seus lábios para onde queria seu toque. Ele lambeu o mamilo.

— Mais forte, Kace.

Ele aumentou a pressão.

— São tão bonitos. — Ele murmurou as palavras contra sua pele enquanto se movia para o outro seio.

— Estou ficando com frio — ela murmurou. Era uma doce mentirinha.

Ele afundou na água, puxando-a para que montasse nele. Ela sentiu a dureza de suas coxas, a força em seu corpo. Estremeceu. Qual seria a sensação de ter toda essa força para si enquanto ele se enterrava dentro dela?

Qual seria a sensação de ver o prazer explodir em seu rosto e ter este homem controlado se soltando, só por ela?

— Eu nunca estive com uma mulher como você — ele murmurou e seus olhos azuis assumiram um brilho fraco.

— E eu nunca estive com um homem como você. — Ela se moveu contra ele, sentindo o comprimento duro como ferro embaixo dela. — Do que você gosta, Kace Tameron? O que te excita?

Ela o sentiu ficar imóvel.

— Eu não sei. — Uma carranca apareceu em seu rosto. — Agora, sei que você acendeu um desejo dentro de mim como jamais senti.

Seu coração se apertou. Ele nunca explorou o que gostava na cama. Ela sentiu um formigamento quente no fundo do seu ventre. Eles iam se divertir muito descobrindo do que ele gostava... juntos.

— Eu sou toda sua, garoto bonito. — Ela estendeu os braços e os seios balançaram na frente do rosto dele. — Pegue o que quiser. Explore.

Ele fez um som faminto. Mas em vez de agarrá-la, estendeu a mão para um pequeno *dispenser* ao lado da banheira. Ele colocou um pouco de sabonete líquido nas mãos. Seu olhar... fez o estômago de Rory se contrair em antecipação.

Kace acariciou seus ombros, descendo sobre seus seios. Ela se moveu contra ele, sentindo o calor dentro de si crescer. Quando suas mãos escorregadias desapareceram sob a água, e ela o sentiu acariciar seu clitóris, ofegou.

Ela segurou seus ombros.

— Ei, talvez devêssemos diminuir...

— Você disse que eu poderia fazer o que quisesse. — Ele estava usando seu tom de comando.

Rory sentiu como se estivesse no limite de um orgasmo. Não estava pronta ainda. Ela queria que isso durasse muito mais tempo.

— Sim, mas talvez um...

Ele penetrou dois dedos dentro dela. As costas de Rory se arquearam e um grito estrangulado saiu da sua garganta.

— Se solte para mim, Rory. — Ele beijou seu pescoço. — Me deixe ver o seu prazer.

Caramba. Se soltar? Rory era a rainha em se segurar. Mas quando Kace a beijou novamente e seus dedos iniciaram um ritmo selvagem dentro e fora de seu corpo, ela percebeu que não tinha escolha.

Outro impulso forte, e ela explodiu. Seu grito ecoou pelos ladrilhos e a água espirrou no chão. O prazer a deixou mole e sem fôlego.

Ela estava vagamente ciente de Kace puxando-a para perto, despejando água nela para enxaguar a espuma. Quando abriu os olhos, ele a estava segurando com firmeza em seus braços, a água estava esfriando e seu pênis estava duro como ferro embaixo dela.

Ela precisava dele dentro dela. Precisava sentir seu gladiador esticando-a. Queria que ele sentisse o mesmo prazer que ela.

Rory se moveu até sentir a cabeça grossa de seu pênis encaixar em sua entrada. Kace ficou imóvel.

Ela emoldurou seu rosto.

— O que há de errado?

— Eu... nunca transei no banho.

Rory sorriu.

— Tem sempre uma primeira vez para tudo.

Ele segurou seus quadris.

— E nunca transei com uma mulher por cima.

Ela ergueu uma sobrancelha.

— Um soldado antariano sempre tem que estar no comando?

— Sim.

— Bem... — Rory se abaixou, sentindo sua dureza esticá-la. Ela ouviu o assobio da respiração de Kace. Droga, ele era tão duro e grosso. Usou o ombro dele como alavanca e desceu até que ele estava completamente dentro dela.

Os quadris de Kace se moveram para cima, e ele gemeu. Ele se moveu para cima novamente, levantando Rory, e foi mais fundo.

— Você é tão grande — ela ofegou.

— Você é tão apertada. — As palavras foram ditas entre dentes cerrados.

Ela sentiu seu corpo tremer e seus músculos se retesarem, como se ele estivesse se controlando. Não. Ela não queria seu controle e cuidado agora. Queria sua paixão. Ela queria vê-lo se soltar e se entregar ao prazer.

Rory mordeu a lateral do seu pescoço, usando os músculos internos para apertar seu pênis.

— Sua vez de se soltar, Kace.

— Não. — Ele a apertou. — Eu não vou te machucar.

— Eu não vou quebrar. — Ela apertou sua pele com força. Em seguida, ergueu os quadris, arrastando seu pau duro para fora dela.

Ele grunhiu e seu corpo ficou mais tenso.

— Vou aproveitar cada minuto disso, gladiador. — Ela sentiu calor e seu estômago se apertou com antecipação. — Se solte. Me tome.

Seu grande corpo tremia. Ela o mordeu de novo.

Seu controle se quebrou, e ele estocou dentro dela.

A boca de Rory se abriu com um grito silencioso, arqueando as costas enquanto tentava absorver o impacto dele. Ela estava preenchida e era muito bom.

Até que ela percebeu que ele estava imóvel novamente.

— Não se atreva a parar ou vou te dar outro olho roxo.

Ele soltou uma risada estrangulada. Isso trouxe um sorriso aos lábios dela. Algo disse que Kace nunca tinha rido durante o sexo antes.

Os dois começaram a se mover. Eles encontraram um ritmo forte e rápido, e a água espirrava na lateral da banheira. Ele entrava e saía dela com movimentos poderosos.

— Você é minha, Rory. Não haverá mais ninguém.

Ela gritou, sentindo seu orgasmo envolvê-la. Rory queria acreditar nessas palavras. Desesperadamente.

— Se outro homem te tocar, vou acabar com ele — Kace grunhiu, estocando dentro dela.

Rory estava além do pensamento consciente agora. Quando ela explodiu em êxtase, o nome dele foi arrancado de seus lábios.

E quando ela ouviu Kace rugir com seu orgasmo e jorrar dentro dela, viu seus olhos ficarem de um azul incandescente. *Dela*. Ela segurou seus ombros como uma âncora, e tudo pareceu certo pela primeira vez em muito tempo.

NÃO FOI O SUFICIENTE.

Kace se sentou na água fria com Rory abraçada contra seu peito. O único som no cômodo era a respiração ofegante deles.

Ele ainda não tinha terminado. Queria mais. Não, ele precisava de mais.

Ele a ergueu, com a água escorrendo e caminhou para seu quarto. E então a colocou sobre os lençóis, cobrindo-a com seu corpo.

— Humm. — Ela colocou os braços acima da cabeça, parecendo um felino elegante e satisfeito. — Aquilo foi...

Ele se moveu e a penetrou.

Ela gritou, arqueando o corpo contra ele.

— Caramba, Kace.

— Cedo demais? — Ele se manteve acima dela, impaciente, precisando de mais.

— Só fiquei surpresa. — Ela colocou os braços e as pernas em volta dele. — Mas surpresa pro bem. Os homens na Terra precisam de mais tempo para chegar ao segundo round.

Ele a penetrou novamente.

— Não quero ouvir sobre os homens da Terra.

— Tudo bem — ela concordou.

Ele começou a estocar nela com movimentos lentos e intensos. No banho, ele se sentiu selvagem e fora de controle. Agora, ele queria sentir cada vez que ela apertava, saborear cada movimento e som que fazia.

Agora, ele queria reivindicá-la como sua.

Já fazia muito tempo que ele não tinha uma mulher. Muito tempo desde sua última licença militar. Os soldados precisavam estar em sua melhor forma e a licença era estritamente regulamentada.

Ela envolveu a perna em seu quadril.

— Mais.

Ela era insaciável. Ele amou isso.

Estocou nela, glorificando a sensação de senti-la, de sua resposta. Ela o beijou, movendo o corpo em sincronia com o seu. Ele manteve seus impulsos poderosos, luzes começando a piscar em seus olhos e seu prazer apertou com força na base de sua espinha.

Ela tomou tudo o que ele lhe deu – esta mulher pequena e forte que o queria tanto quanto ele.

De repente, ela teve um orgasmo com um grito agudo em seus ouvidos. Ele a manteve presa, estocando e sentindo o prazer envolvê-lo.

— Mais. — Sua palavra mal era compreensível. — De novo.

Ela gritou de novo, atingindo o clímax mais uma vez.

E isso foi o suficiente para levar Kace ao limite. Ele gozou com força.

Ele rolou para o lado, puxando-a para perto. Mal conseguia respirar e não tinha certeza se podia sentir as pernas.

Finalmente, ele conseguiu pensar através da névoa de prazer. Ele se moveu, se esparramando de costas e puxando Rory para cima dele. Ela aninhou o rosto em seu pescoço e acomodou as pernas nas laterais de seu corpo.

Ela deu beijos suaves em seu peito.

— Eu gosto de como você é feito, soldado.

Ele brincou com o cabelo dela. Todo aquele lindo cabelo ruivo.

— Eu gosto do seu fogo. E não me refiro apenas à cor do seu cabelo.

Ela ergueu a cabeça e sorriu para ele.

— Meu temperamento?

— Sim. — Rory abraçava a vida, seja o que for que a atingisse. Ele admirava muito isso. — Sua família deve sentir sua falta.

Quando ele viu o espasmo de dor em seu rosto, lamentou ter tocado no assunto.

— Tenho certeza de que sim. Sou próxima deles. Meus pais e meus três irmãos. Eu era a mais nova, um pouco mimada e gostava de fazer o que queria.

— Nisso eu acredito.

Ela deu um tapa no seu peito de brincadeira.

— Não posso entender o vínculo da família — ele falou baixinho. — Mas posso entender o quanto você deve sentir falta deles.

Ela assentiu, esfregando a bochecha contra a pele dele.

— Vou levar um tempo para aceitar totalmente que nunca os verei novamente. — Ela sentiu o peito apertar. — Mas nunca fui de chafurdar, e eles não querem que eu seja infeliz.

Ele assentiu.

— Minha equipe é como minha família. Treinamos juntos desde a juventude e agora lutamos juntos na batalha.

— Eles virão lutar na arena também?

Ele balançou a cabeça.

— Os militares de Antar enviam soldados a muitos planetas diferentes para cooperar com outros lutadores e aprender novas habilidades. Os membros do meu esquadrão foram para outros planetas.

Ela roçou os dedos na bochecha dele, depois nos lábios.

— E os outros da sua equipe são como você? Bravos heróis?

— Sim. Eles desistem de tudo para lutar pelo nosso planeta.

— Eles são sexy como você, garoto bonito?

Ele semicerrou os olhos.

— Eu não sou bonito. E você não precisa se preocupar com a sensualidade deles.

Ela piscou para ele, deslizando para baixo.

— Você esteve por cima da última vez, isso significa que é a minha vez de novo.

Kace sentiu uma onda de calor em seu corpo. Ele a imaginou por cima, montando-o com força.

— Tenho muitas outras posições que também quero tentar — ela continuou.

O ventre dele apertou.

— Outras posições?

Ela apertou seu quadril.

— Ah, sim. *Muitas.*

Kace estava tentando imaginar as outras posições.

— Quero experimentar todas. — Em seguida, a mão dela se fechou ao redor de seu pênis.

Ele respirou fundo. Seu olhar estava grudado nela enquanto Rory deslizava por seu corpo. Ela empurrou o cabelo para o lado para que ele tivesse uma visão clara de seu rosto. Uma visão clara de quando ela se inclinou e lambeu a cabeça inchada de seu pau.

Mesmo que ele tivesse acabado de tomá-la, ele se encheu instantaneamente, crescendo sob seu toque. Os olhos de Rory se arregalaram e ela umedeceu os lábios.

— Pronto para tentar outra coisa, garoto bonito?

Ele entrelaçou a mão em seu cabelo.

— Sim.

Ele observou enquanto ela chupava seu pau. *Drak.*

CAPÍTULO TREZE

R ory apoiou as palmas das mãos contra os ladrilhos de pedra do chuveiro. Kace a estava penetrando por trás, segurando seus quadris.

— Eu gosto — ele estocou de novo — desta posição.

— Eu... também — ela ofegou.

A ruiva fechou os olhos, saboreando cada sensação – sua dureza, o cheiro almiscarado do sexo, a queda quente da água e o prazer incrível que a invadia.

Ao longo da tarde, Kace provou ser bastante imaginativo. Quando seu gladiador se soltou, ele pôde ser muito criativo. E completo. Ela tinha certeza de que não havia um centímetro dela que ele não tivesse explorado com as mãos, língua ou pau.

Gemendo, ela se moveu contra ele.

— Mais.

Desta vez, ele não hesitou. Pegou o ritmo, estocando mais forte do que antes.

Rory ouviu pequenos sons famintos ecoando ao redor

deles e percebeu que vinham dela. Ele se inclinou sobre ela, com o peito pressionado contra suas costas.

— Goze para mim, Rory. Agora.

Sua pele ficou quente e em sua próxima estocada, ela implodiu. Um segundo depois, ele segurou seu quadril com mais força, penetrou profundamente e se manteve dentro dela enquanto gozava.

Quando puderam finalmente se mover, eles deixaram o chuveiro e secaram um ao outro. Rory gostou de ver o leve sorriso no rosto de Kace e a maneira brincalhona com que ele secava a água de sua pele.

Ela queria vê-lo assim com mais frequência.

Voltaram para o quarto para encontrar Hero esperando por eles, abanando o rabo. Com um sorriso, ela se agachou para dar um tapinha nele.

— Ei, garoto. — Observou seu dano novamente. Precisava arranjar um tempo para consertá-lo.

Uma batida forte soou na porta.

— Temos uma mensagem de Zhim. — A voz firme de Galen soou.

Sentiu a garganta apertar e viu a expressão de Kace voltar a ser a de um soldado sério. Suspirando, Rory vestiu roupas limpas que um criado havia deixado antes. *Obrigada, Regan.* Rory ia se certificar de que as roupas chamuscadas fossem descartadas de maneira adequada.

Quando entraram na sala de estar, os outros estavam amontoados ao redor da tela dominada pelo rosto impressionante de Zhim. Ela viu Regan e Harper olharem em sua direção. Sua prima olhou para ela e sorriu, enquanto Harper olhou para Kace, depois de volta para Rory, e piscou.

— A pequena e intrigante Rory — Zhim falou. — Como você está hoje?

Kace passou o braço ao seu redor e a puxou para o seu lado. Ela revirou os olhos.

— Quer ir em frente e me marcar, garoto bonito?

Algumas risadas soaram pela sala.

— Talvez — Kace respondeu.

Zhim arregalou os olhos.

— Ah. Fascinante. Eu nunca teria escolhido um antariano rígido e tenso para você.

Kace grunhiu e Rory quase podia ver o comerciante de informações arquivando a possessividade de Kace em um arquivo de dados mentais.

— Chega. Você tem algo de interessante para nos dizer?

— Acabei de receber uma dica. — O rosto do homem ficou sério. — Vários Srinar foram identificados nas entranhas mais profundas do mercado. Posso afirmar que onde eles estão reunidos é uma possível entrada para os ringues de luta clandestina.

Rory segurou a mão de Kace. Ele apertou seus dedos. *Era isso.* A chance de descobrir de uma vez por todas por que os Thraxianos estavam tentando matá-la e de recuperar Madeline.

Galen deu um único aceno de cabeça.

— Obrigado, Zhim. — A tela ficou em branco e Galen olhou ao redor da sala. — Vamos.

Todos os gladiadores se levantaram.

— Precisamos nos manter discretos — Harper falou.

Raiden avançou.

— Você deveria ficar aqui, com a Rory e a Regan.

Rory se irritou.

— Eu não vou ficar. — Ela olhou para o gladiador tatuado. — Não vou me esconder atrás de todos vocês, nem deixar vocês se arriscarem. Isto é a minha vida.

Quando ela sentiu Kace se aproximar, estava pronta para que ele concordasse com Raiden. Ela se virou para encará-lo.

— A Rory merece fazer parte disso — Kace declarou.

Ela abriu a boca e depois a fechou. Ela viu o brilho de diversão em seu olhar.

— Obrigada.

Raiden suspirou.

— Tudo bem. Mas você sabe que estará em perigo.

— Estou em perigo de qualquer maneira. Quase morri aqui mesmo na Casa de Galen. — Quando ouviu Kace fazer um som, ela se arrependeu de ter que lembrá-lo.

— O traidor foi preso — Galen comentou de forma sombria.

Kace se virou.

— O quê? Quem? Por que não fui informado?

Galen levantou uma sobrancelha escura.

— Você estava... ocupado.

Rory sentiu uma risada inadequada se formar em sua garganta.

— Era um criado com um problema secreto de jogo e que tinha uma grande dívida com alguém do Distrito — Galen acrescentou. — Já lidei com isso.

— Ainda assim, quero vê-lo — Kace falou de forma sombria.

O imperador lhe deu um olhar gelado.

— Posso lhe assegurar que nada que você possa fazer com ele seria pior do que minha ira.

Deus, o homem era assustador. Rory engoliu em seco e colocou a mão no peito de Kace.

— Temos coisas mais importantes com que nos preocupar. Como as pessoas que pagaram a este homem.

Um músculo pulsou na mandíbula de Kace, mas, finalmente, ele deu um aceno brusco.

Logo, estavam todos reunidos e prontos para partir. Rory estava usando calça de couro preta e camiseta preta simples. Ela nunca tinha visto todos os gladiadores tão encobertos e quase indescritíveis. Usando uma roupa preta discreta, Saff ainda parecia extraordinária. Ninguém a chamaria de linda, mas ela era impressionante. Mesmo com apenas algumas das suas tatuagens aparecendo de suas mangas, a presença de Raiden era dominante. Thorin irradiava energia selvagem, o sorriso sexy de Lore não podia ser ignorado e a carranca de Nero intimidaria qualquer um, não importando o que ele estivesse vestindo.

Mesmo usando roupas totalmente pretas, isso não mascarava seus físicos extraordinários. Ela olhou para o rosto bonito de Kace. Esses gladiadores grandes e fortes nunca se confundiriam com o cenário.

Sentiu algo bater em seus pés e olhou para Hero.

— Você precisa ficar, carinha. — O cachorro ganiu.

— Aqui. — Kace estendeu um bastão para Rory.

Seu bastão. Ela o segurou, fechando os dedos sobre as inscrições antarianas.

— Obrigada. — Ela o girou em suas costas.

Regan se aproximou de Rory.

— Eu vou ficar aqui. Encontre-a, tá?

Rory abraçou a prima com força.

— Nós vamos.

— Ninguém merece estar desamparado e sozinho.

Rory a abraçou com mais força. Todas elas passaram por isso, mas graças a esses gladiadores resistentes ao seu redor, elas tiveram a chance de algo mais, algo muito melhor.

— Regan, pode cuidar do Hero para mim?

O olhar da prima pousou no cachorro e ela sorriu.

— Com certeza. — Quando ela abriu os braços, o animal de estimação mecânico saltou de bom grado para eles.

O grupo se moveu rapidamente. A noite estava caindo e Rory podia ver as estrelas no céu piscando sobre as luzes brilhantes do Distrito ao longe. Eles desceram para os mercados de Kor Magna e Rory piscou.

Ela esperava que o lugar estivesse fechando. Não poderia estar mais errada.

Havia ainda mais pessoas amontoadas no espaço subterrâneo. Em algum lugar, a música estava tocando – melodias alegres de cordas e bateria. Os cheiros de comida enchiam o ar – nem todos deliciosos para seu nariz inexperiente da Terra – e havia mais luzes acesas, lançando um brilho alegre e cintilante nas barracas.

O grupo se moveu pela multidão rapidamente, igno-rando as imagens e sons, e logo estavam descendo túneis mais escuros. Aqui, não havia música ou luzes brilhantes.

— A área onde os Srinar foram localizados fica alguns níveis abaixo. — Galen os conduziu por uma rampa.

Vários personagens sombrios estavam por perto, intercalados com crianças com roupas esfarrapadas e pessoas mais velhas sentadas em banquinhos surrados, e Rory percebeu que seu grupo estava sendo cuidadosamente observado. Ela examinou as sombras, na esperança de ver Hilea, mas não havia sinal da mulher.

Logo, eles alcançaram um túnel vazio que terminava em um beco sem saída, com uma única porta de metal. No subsolo, Rory não conseguia mais ouvir nenhum som dos mercados.

Galen acenou com a cabeça para Thorin, e o grande gladiador avançou. Com um empurrão de seu ombro largo, a porta se abriu.

Eles seguiram para uma grande sala. Tinha um teto abobadado e o local estava cheio de equipamentos do tamanho de um carro. A maioria das máquinas zumbia alto e algumas faziam sons de tinido. Rory se aproximou, com interesse aguçado. Pareciam geradores. Ela seguiu os cabos pretos que iam dos aparelhos até o teto. Começou a contornar a máquina mais próxima e sentiu algo pegajoso debaixo de seus pés. Algum tipo de substância preta estava vazando do gerador mais próximo. A coisa era escura e viscosa como óleo.

— Essas unidades de energia fornecem luz para os mercados e para as casas das pessoas que vivem aqui — Raiden explicou.

Em qualquer outro momento, Rory teria se interessado em estudar a tecnologia. Ela sentiu aquele impulso familiar para desmontar algo e ver o que o fazia funcionar.

Mas não era por isso que estavam aqui.

Eles continuaram se movendo e finalmente chegaram

ao fundo da grande sala. Ela viu algumas pilhas de equipamentos antigos e enferrujados, além de alguns grandes engradados de madeira.

Não havia portas ou escadas que levasse aos ringues de luta subterrâneos secretos.

Ela resistiu à vontade de chutar algo.

— Não há nada aqui.

Os gladiadores se espalharam, olhando ao redor. O rosto de Kace estava impassível, mas ela podia dizer que ele estava frustrado. Ele era controlado, mas depois de estudá-lo tanto, aprendeu a ler os pequenos sinais que ele emitia.

De repente, como um só, os gladiadores enrijeceram e se voltaram em sua direção.

Ela olhou para Harper, que estava segurando suas espadas. A amiga deu de ombros, com o olhar vigilante.

— O que há de errado? — Rory olhou em volta, sentindo uma sensação ruim crescer em seu estômago.

— Sinto o cheiro de Thraxianos — Thorin grunhiu, erguendo o machado.

Raiden assentiu e puxou sua espada.

— Posso sentir uma essência suja.

De repente, as paredes brilharam. Enormes Thraxianos de aparência demoníaca se afastaram delas, escondidos por algum tipo de tecnologia de camuflagem.

Gritos encheram o espaço.

— Para trás! — Kace empurrou Rory para trás, na direção de Harper. Sua amiga ergueu suas espadas e as duas se moveram em direção a um grande gerador. Os gladiadores da Casa de Galen avançaram.

Espadas se chocaram contra espadas. Machados atingiram bastões.

Isso não era como uma luta na arena. Enquanto Kace empunhava seu bastão e os demais balançavam suas armas, ela viu que essa luta não era extravagante ou chamativa. Era uma luta dura e direta. E Kace era bom nisso.

Ela o viu derrubar dois Thraxianos em rápida sucessão, fazendo com que os enormes alienígenas com chifres caíssem no chão. Ao seu lado, Saff cobriu outro Thraxiano com uma rede e empunhou a espada no ombro do alienígena. Ele caiu no chão com um grito.

E foi então que Rory viu um buraco se abrir no chão. O Thraxiano gritou ao cair no espaço escuro e a pedra se fechou atrás dele.

— Cuidado! — ela gritou.

Kace a ouviu e se virou. Ele viu um buraco que se abriu bem debaixo dos seus pés. Ele saltou para fora do caminho bem a tempo.

Mas mais alçapões estavam se abrindo. Enquanto ela e Harper se aproximavam do gerador, Rory viu um buraco se abrir bem perto. Olhou para baixo. Não tinha certeza de qual era o propósito deles, mas pareciam fazer parte de algum tipo de sistema de drenagem.

— Canto esquerdo — Harper disse. Seu olhar permaneceu preso à frente, observando enquanto Raiden lutava ferozmente com um grande Thraxiano.

Perto dali, Thorin soltou um rugido e bateu com o machado em um oponente. Ele cortou o ombro do Thraxiano e atingiu a parede, estilhaçando a rocha.

De repente, um alienígena investiu contra Harper e

Rory. Seus olhos brilhavam em um tom laranja-dourado doentio.

Rory ergueu o bastão, pronta para lutar. Harper saltou para frente, girando as espadas. Elas acertaram o machado do Thraxiano e os dois circularam em uma dança letal. O Thraxiano se elevou sobre Harper, mas o rosto da sua amiga estava duro e firme. Sua habilidade com as espadas era óbvia, enquanto ela lutava contra o alienígena.

O alienígena desferiu um golpe poderoso contra a espada de Harper, que gritou, lutando para bloquear o golpe. Rory deu mais um passo para longe do gerador, esperando a chance de pular e ajudar a amiga.

O chão se abriu bem embaixo dela.

Ah, Deus.

Ela caiu e gritou.

KACE OUVIU RORY GRITAR.

Ele se virou e a viu escorregar por um alçapão.

Não! Ele não hesitou. Correu os poucos passos até o buraco, saltou no ar e a seguiu na escuridão.

Bateu no metal liso e deslizou para baixo. Se esforçou para ouvir Rory, mas tudo o que ouviu foi o som do couro contra o metal. Ele ganhou velocidade e se preparou para o que quer que estivesse por vir.

Um segundo depois, viu um flash de luz no fundo. A rampa se achatou e então ele pulou para fora dela.

Pousou agachado e levou um segundo para se orientar.

Estava em uma salinha. Do outro lado da porta, ele ouviu o pulsar de música alta e os gritos ruidosos de uma multidão.

E em frente, Rory estava lutando com um grande Thraxiano.

Kace saltou para frente. Ele girou o bastão e o acertou na parte inferior das costas do Thraxiano. Era um ponto fraco dos alienígenas. O inimigo rugiu, jogando a cabeça para trás e libertando Rory.

Girando, Kace balançou sua arma. Ele acertou a lateral, o abdômen e o tórax do Thraxiano. O alienígena grunhiu a cada golpe. Outro golpe, e o Thraxiano caiu sobre um joelho.

Ele levantou a cabeça e Kace viu as presas ao lado de sua boca totalmente brancas contra a pele áspera e escura. As veias brilharam com um laranja virulento, e ele fez um som sibilante enfurecido.

Kace atingiu os ombros da criatura com o bastão e, com um movimento lateral rápido, acertou a nuca do alienígena.

Seu corpo relaxou instantaneamente. Sem fazer barulho, ele caiu no chão.

Kace agarrou Rory. Ela estava com um braço em volta do corpo e estava olhando ao redor da sala, estudando o reservatório de lama preta no canto.

— É uma espécie de sala de drenagem — ela murmurou.

Ele não dava a mínima para o que era.

— Precisamos sair daqui.

Rory assentiu, dando um último olhar ao Thraxiano inconsciente.

— Eu quero chutá-lo, mas isso não seria honroso.

— Não vou contar a ninguém. — Ele queria fazer muito pior com o *drakking* alienígena. Com todos eles.

Com um sorrisinho, ela apoiou as mãos no peito de Kace.

— Obrigada por vir atrás de mim.

— Sempre.

— Meu herói.

Ele segurou sua mão.

— Vamos. Precisamos encontrar uma saída. — Ele a puxou para a porta.

Eles saíram da sala e pararam. Deste lado da porta havia um espaço enorme e cavernoso, com paredes de pedra esculpidas. Estava lotado de alienígenas de todas as formas e tamanhos. Principalmente humanoides, mas também um grande número de outros. Corpos colados um ao outro, enquanto as luzes estroboscópica piscavam pela sala. O barulho ecoava no enorme espaço.

Ninguém estava prestando atenção a Kace e Rory, e a música estava alta demais.

Kace colocou o bastão ao seu lado e gesticulou para Rory fazer o mesmo. Ele imaginou que deveriam permanecer o mais discretos possível. Enquanto examinava a multidão, notou que a maioria estava armada de alguma forma.

Eles se moveram através da multidão de pessoas, e Kace tomava cuidado para manter Rory por perto. Eles passaram por um casal apoiado contra um poste. As mãos do homem estavam presas na bunda da mulher enquanto eles se devoravam. Bem ao lado deles, Kace viu um alienígena reptiliano trocar moedas e fichas com as pessoas –

claramente jogadores fazendo suas apostas. Perto dali, um pequeno grupo de alienígenas bufava em longos canos, produzindo uma nuvem de fumaça arroxeada e de cheiro doce pairando sobre eles. Kace torceu o nariz. Ele odiava o cheiro enjoativo de mácula – uma droga altamente viciante.

Foi então que ele avistou algo sobre as cabeças da parede de pessoas na frente deles.

Gaiolas.

Eles encontraram os ringues de luta clandestinos.

Ao lado das gaiolas, as pessoas pulavam para cima e para baixo, gritando e aplaudindo, incitando os combatentes lá dentro.

— Mate-o!

— Quebre o pescoço dele!

— Sangue! Queremos ver sangue.

Kace inclinou a cabeça para mais perto de Rory, pressionando os lábios em suas orelhas.

— Fique perto. Vamos dar uma olhada e, em seguida, procurar uma saída. — Ele sabia que Galen, Raiden e os outros estariam procurando por eles.

Rory concordou.

— Então é isso? Os ringues de luta clandestina. — Ela olhou para ele. — Precisamos encontrar a Madeline. Não vou embora antes disso.

Drak. Ele estava com medo de que ela dissesse isso.

— Vamos dar uma olhada.

O que ele não disse a ela foi que a carregaria para fora daqui por cima do ombro, se fosse necessário. Ele faria o que fosse necessário para mantê-la segura.

Eles passaram perto do que devia ser a entrada principal do ringue de luta clandestina. Grandes guardas de Srinar flanqueavam a entrada e qualquer um que entrasse mostrava moedas para obter acesso.

Os guardas estavam armados. A mandíbula de Kace apertou. Eles não conseguiriam entrar assim.

Puxando Rory debaixo do braço, ele olhou à frente, alerta para qualquer coisa. Luzes estroboscópicas cruzavam a multidão.

Até que ele viu uma agitação. Um grupo de Thraxianos, procurando na multidão, vindo da direção da sala de drenagem por onde eles entraram.

Drak. Rapidamente, ele puxou Rory para si. Ela soltou um bufo baixo.

— Thraxianos — ele sussurrou. Ele se jogou na beirada do sofá, ignorando os fumantes viciados. Ele a puxou para seu colo, colocou as mãos em suas nádegas e pressionou a boca na sua.

CAPÍTULO CATORZE

R ory gemeu contra os lábios de Kace, movendo os quadris em sua direção.

Ela sabia que isso era apenas para exibição, mas caramba, o homem tinha um gosto bom demais. Ela continuou beijando-o, afundando as mãos em seus cabelos.

Quando os lábios dele desceram por seu pescoço, ela arqueou a cabeça para trás.

— Eles já se foram?

Ele mordiscou sua pele.

— Passaram há alguns instantes.

Com um gemido, ela se afastou.

— Então devemos nos mover.

Ele pressionou os quadris contra ela de novo, que sentiu a protuberância dura de sua ereção.

— Eu sei. — Ele gemeu. — Mas você me tenta além da razão. — Finalmente, ele a colocou de pé. — Precisamos continuar procurando.

À medida que se aprofundavam na multidão, Rory decidiu que odiava aquele lugar. Havia uma sensação

sombria e desagradável. Aqui, você pode sentir o desespero faminto da multidão. Não era como os espectadores
da arena, que buscavam assistir a algo primitivo, algo que
os conectasse às suas emoções.

Aqui, tratava-se de se afogar no escuro, no vício de
sua escolha, na miséria dos outros.

Se aproximando de uma das jaulas, Rory ouviu os
golpes brutais.

Endurecendo, ela olhou para a estrutura de arame
soldado que se erguia acima da multidão, iluminada por
holofotes ofuscantes. Dezenas de espectadores estavam
pressionados contra o metal, com os dedos enrolados na
malha do metal, gritando encorajamento ou escárnio para
os lutadores.

Um corpo bateu na lateral, vibrando o metal, e ela
lutou para controlar seu estremecimento. O gigante alienígena de pele vermelha era grande e brutal, e coberto da
cabeça aos pés com tatuagens pretas.

À sua frente, pulando na ponta dos pés, estava seu
oponente. Era um humanoide alto, com pele clara que
brilhava como a luz da lua. Sangue e suor escorriam de
seu peito. Este era menor e mais magro, mas parecia
muito mais rápido do que o alienígena tatuado.

Os homens voltaram a atacar um ao outro.

Este lugar era horrível. Rory já havia participado de
várias lutas de MMA. Sempre gostou de assistir.

Mas isso não era nada parecido com aquelas lutas.
Isso era simplesmente brutal.

Quando se aproximou da jaula, ela sentiu a excitação
primitiva emanando da multidão ao redor deles. Estava
grata pela presença constante de Kace em suas costas. As

pessoas gritavam e, para onde quer que olhasse, via dinheiro trocando de mãos.

— Os lutadores estão extremamente motivados esta noite — alguém gritou à esquerda de Rory.

— *Drak*, sim — outro homem respondeu. — Não os culpe. O prêmio é muito pequeno, frágil e delicioso. Eu daria qualquer coisa por uma mulher assim.

Quando os lutadores se chocaram contra a parede da gaiola novamente, os aplausos aumentaram a níveis ensurdecedores.

Rory se encostou em Kace, ficando na ponta dos pés. Ele se inclinou e seu hálito quente roçou na bochecha dela.

— Eu os ouvi dizer que uma mulher pequena é o prêmio — ela gritou.

O rosto de Kace endureceu.

— Escória.

Dentro da jaula, o homem magro se chocou contra a rede. Rory ergueu os olhos. Seu rosto estava bem perto dela. A agonia encheu suas feições e seus olhos estavam aterrorizados.

Então seu oponente o agarrou, o puxou e o jogou para o outro lado da jaula. O homem magro caiu sobre um joelho.

O alienígena tatuado e vermelho, ergueu os braços em um gesto de vitória.

— Eu vou ganhar! Eu sou Randor!

Rory se aproximou de um dos espectadores ao seu lado.

— O que é esse prêmio que todos estão falando? — Ela manteve a voz amigável e um pouco sem fôlego.

A pele do alienígena era de um tom profundo de verde, e ele era enorme. Ele não desviou o olhar da luta, apenas acenou com a cabeça em direção às outras gaiolas.

— Ela é linda. Miúda, com o cabelo escuro. — Finalmente, o alienígena verde olhou para ela. — Quase tão bonita quanto você, doçura.

Rory mostrou os dentes.

— Não sou doce. Eu mordo. — Ela apontou para trás. — Pergunte a ele.

O alienígena gargalhou, olhou para Kace e se engasgou com a risada. Kace deslizou um braço ao redor dela, puxando-a de volta para si.

Segurando o braço de Kace, Rory os conduziu na direção em que o alienígena apontou.

— A mulher se parece com a Madeline, Kace. Eles a estão oferecendo como a porcaria de um prêmio.

Havia mais quatro gaiolas, cada uma contendo outra luta mortal. Ao contrário da multidão que se sentava na arena acima, essa multidão era muito mais rude, mais sanguinária. Álcool e drogas circulavam livremente e as pessoas faziam sexo em volta do perímetro. Fluidos desconhecidos de todos os tipos manchavam o piso de concreto pegajoso. As narinas de Rory estavam obstruídas com o cheiro de sangue, urina e suor.

Eles abriram caminho pela multidão, e ela ficou perto de Kace enquanto as pessoas se afastavam. À frente, outro grupo se amontoava em torno de uma das grandes colunas de suporte que se projetavam para cima, até o teto da caverna.

Enquanto eles abriam caminho através do público, Rory avistou uma pequena figura acorrentada à coluna.

Ela sufocou um grito. Madeline Cochran estava acorrentada ao suporte, com a cabeça inclinada para frente. Ela estava usando um vestido curto, do mesmo tom de seu cabelo escuro.

Atrás dela havia um fosso. Era maior do que as gaiolas e rodeado por alguns assentos em camadas. Quase uma mini arena. Os assentos estavam lotados e os espectadores aplaudiam os lutadores.

— Vamos tentar chegar mais perto dela — Rory sugeriu.

Kace fez uma careta.

— Devemos esperar pelo Raiden e os outros...

— Podemos não ter esse tempo. E se alguém a ganhar?

Kace assentiu, e eles circularam o grande fosso afundado. A multidão vaiou, e de baixo, os sons de pele se chocando e grunhidos animalescos alcançaram seus ouvidos.

Então a multidão rugiu de prazer.

Enquanto caminhavam lentamente ao redor do fosso, eles passaram por uma grade e Rory olhou para os combatentes.

Tudo dentro dela congelou. *Não. Não pode ser.*

— Rory? — A voz de Kace soou em seu ouvido.

Ela empurrou um alienígena para fora de seu caminho e pressionou a grade. Sentiu Kace bem atrás de si, ficando perto e empurrando outro observador para longe.

Rory olhou para a arena de combate para um lutador negro e encharcado de suor. Um lutador humano. Sua pele brilhava sob as luzes e seu cabelo escuro estava colado na cabeça. Ele estava olhando para o chão duro, com o peito arfando enquanto seu oponente morto era arrastado.

Tenente Blaine Strong, fuzileiro da Estação Espacial Fortuna.

— Rory? O que está acontecendo? — Kace questionou.

— O lutador. Ele é da Terra, da minha estação espacial.

Kace praguejou.

Um novo lutador entrou no ringue. Blaine não se moveu, com exceção das mãos fechadas em punhos.

O oponente de Blaine tinha mais de dois metros de altura, pele escamosa e azul.

— Não podemos ajudá-lo agora — Kace falou baixinho.

O interior de Rory revirou. Madeline precisava dela com urgência, mas se afastar de Blaine, deixando-o preso aqui sozinho, a cortou em pedaços. Ela não o conhecia bem, mas sabia que Harper sim. O que ela sabia era que ele era um bom homem e um excelente fuzileiro.

Ele não deveria estar lutando por sua vida neste ringue.

— Eu não vou deixar você aqui, Blaine — ela murmurou as palavras como uma promessa para ele e para si mesma, baixo demais para qualquer outra pessoa ouvir.

Kace segurou a mão dela.

— Voltaremos para buscá-lo.

Com certeza. Era uma promessa.

Naquele momento, Blaine ergueu os olhos e encontrou Rory. Seu rosto ficou em choque.

Ela levantou a mão e murmurou as palavras.

— Vou voltar para te buscar.

Blaine olhou para ela e algo brilhou em seus olhos escuros. O grande lutador escamado soltou um rugido e começou a cruzar o fosso em direção a Blaine.

O fuzileiro não se moveu, apenas manteve seu olhar em Rory. Ele moveu a cabeça minimamente de um jeito que ninguém mais perceberia além dela.

Então ele se virou para o lutador.

Enquanto Blaine se esquivava de um golpe e desferia um forte na barriga do alienígena, Rory se forçou a se virar. Ela queria bater em alguém. Queria ver sangue derramado na areia.

Ela estava cansada de não poder salvar a todos.

A determinação tensionou seus músculos. Mas agora, neste momento, ela tinha certeza de que ia tirar Madeline daqui.

Eles se moveram nos últimos metros através da multidão em direção a coluna. A multidão se moveu e Rory se endireitou.

— Ah, meu Deus. A Madeline sumiu.

A coluna estava vazia.

Kace virou a cabeça, examinando a sala.

— Eles a tiraram daqui.

Rory olhou pela multidão, sentindo o coração bater forte, até que avistou uma mulher pequena e de cabelos escuros.

— Lá. — Ela apontou. Através de um vão entre as massas, ela viu Madeline sendo puxada por uma porta por dois alienígenas Srinar.

— É a sala do vencedor — Kace falou. — Assim que ele for declarado, o levarão até lá para reclamar o prêmio.

A boca de Rory se firmou.

— Não se conseguirmos tirá-la de lá primeiro.

Kace segurou seu ombro.

— Devemos ter cuidado. Não podemos invadir. Pode estar cheio de Srinar e Thraxianos.

Ela lhe deu um aceno frustrado. Eles se aproximaram da porta.

— Sem guardas.

— Parece que eles duvidam que alguém seja louco o suficiente para roubar o prêmio e tentar escapar.

Na porta, Kace a empurrou contra a parede, fazendo parecer que estavam ocupados atacando um ao outro. Rory deslizou sua perna para cima, enganchando-a sobre seu quadril.

Os dois espiaram pela porta.

— Apenas os dois Srinar — Kace disse.

A adrenalina correu pelas veias de Rory. Ela olhou para seu belo herói, o homem que capturou seu coração.

Ele puxou seu bastão.

— Vamos pegar sua amiga.

— Obrigada, Kace.

Ele tocou sua bochecha.

— Não precisa agradecer. Além disso, ainda não estamos seguros.

Rory puxou seu próprio bastão de forma furtiva. Eles se entreolharam e correram para a sala juntos.

Kace bateu com a arma no Srinar mais próximo. Rory passou correndo por ele e bateu com seu bastão nos joelhos do segundo Srinar. Ele caiu com um grito alto. Ela

ANNA HACKETT

bateu nele de novo, girando para cima e atingindo seu queixo.

Ele voou para trás e caiu no chão. Perto dali, o Srinar de Kace estava enrolado em uma bola, desmaiado.

Rory correu para Madeline. Ela estava caída no sofá e não havia se movido.

— Madeline. — Rory tocou sua bochecha pálida. A pele da mulher estava gelada e seus olhos vidrados. — Ela foi drogada.

Em seguida, o som de uma porta se abrindo e o xingamento de Kace fez Rory se virar.

Havia uma porta na parede lateral que eles não perceberam quando entraram. Tinha acabado de se abrir. O gelo deslizou nas veias de Rory.

Um grande grupo de Srinar e Thraxianos entrou na sala, com os olhos fixos neles.

KACE MUDOU seu controle sobre seu bastão, avaliando suas opções.

Não eram boas. Estavam em grande desvantagem numérica. Ele parou na frente das mulheres e ergueu seu bastão.

O grupo se separou e os Srinar retrocederam. Um Thraxiano com uma faixa laranja no peito deu um passo à frente. A mandíbula de Kace apertou. O Imperador da Casa de Thrax.

— Antariano. — O imperador inclinou a cabeça. — A serviço da arena para treinamento. Você está em

Carthago apenas temporariamente, com certeza não tem preocupações pessoais aqui. Pode ir embora.

Kace não se moveu.

— Ir embora?

— Sim. Deixe as mulheres e pode ir.

Ao seu lado, Kace sentiu Rory ficar tensa.

— É mesmo? — Kace perguntou. — Eu posso ir embora.

— Não tenho nenhuma disputa com você. Sei que vocês, antarianos, só se importam com seu dever na luta contra Hemm'Darr. — O imperador deu de ombros. — Certamente, duas mulheres pequenas e estranhas de um mundo qualquer nada importam para você.

Kace sentiu uma onda de raiva quente ameaçando seu controle. Rory era tudo – vigorosa, corajosa, espiritu-osa. E era sua. Ele daria sua vida para protegê-la.

O Imperador da Casa de Thrax não tinha ideia do que estava falando. Rory forçou Kace a acordar de um sono profundo que o manteve congelado. Estar com ela o fez perceber o que realmente importava.

Ele a encarou. Ela o estava observando com firmeza, com seus olhos verdes dourados.

Ele arqueou uma sobrancelha para ela.

— O que você acha, mulher pequena e estranha da Terra? — Ele viu um estremecimento percorrê-la. Ela realmente acreditou que ele a deixaria?

O canto da boca de Rory se inclinou, e ela deu um tapinha gentil no braço de Madeline. Ela se endireitou e deu um olhar antipático ao imperador.

— Sugiro que a gente acabe com alguns Thraxianos e Srinar.

Kace saltou e Rory se moveu no mesmo instante.

Quando seu bastão se chocou contra a espada de um Thraxiano, ele viu Rory levantar um Srinar do chão com um golpe de perna. Ela o empurrou para baixo, batendo a cabeça dele no chão.

Kace balançou seu bastão, derrubou uma espada no chão e investiu contra seu inimigo. Ele girou, se lançou e derrubou um Srinar. *Acertar. Girar. Atacar.* Ele ergueu uma bota e chutou o peito de outro Thraxiano. O alienígena gritou ao bater em dois de seus companheiros, derrubando todos.

Rory se aproximou dele com seu bastão levantado. Juntos, eles lutaram através da parede de lutadores.

Mas mais e mais continuavam aparecendo. Ele podia ver que Rory estava cansada e, um segundo depois, o bastão dela caiu no chão.

Mas ela continuou lutando, usando as mãos e pés.

— Não! — Ele girou seu bastão, passando por um lutador Thraxiano.

Rory estava xingando ferozmente e lutando. Kace tirou um Srinar do caminho, e então parou.

O imperador Thraxiano a puxou do chão e estava segurando seu corpo se contorcendo contra o dele, com uma adaga em sua garganta.

— Preciso dela morta. — O imperador balançou a cabeça. — Você deveria ter aceitado minha oferta, antariano. — Ele olhou para os homens que restaram. — Matem-no.

Cinco Thraxianos avançaram. Kace lutou muito, mas havia muitos deles. Absorveu os golpes e derrubou mais dois. Então ele sentiu uma lâmina deslizar entre suas costelas.

Ele grunhiu, mas continuou lutando.

— Não! — O grito era de Rory.

Os movimentos foram diminuindo, o sangue cobrindo seu peito, ele golpeou outro alienígena. Ele não desistiria, não enquanto ele ainda estivesse respirando.

Tinha que salvar Rory.

ELA NUNCA TEVE TANTO MEDO.

O imperador Thraxiano a segurou com força, cravando as garras em sua pele. A lâmina estava cortando-a e ela sentiu um fio de sangue escorrendo pelo pescoço.

Kace girou novamente, mas desta vez, um golpe forte atingiu seu lado. Ele tropeçou e sentiu o golpe de uma espada contra seu ombro. Ele cerrou os dentes com a dor, ignorando o sangue que escorria pelo peito.

Ele viu dois Srinar agarrar Rory, prendendo-a no chão.

Seus pulmões estavam apertados. Não era nada comparado ao sangue escorrendo pelo peito de Kace. Mesmo que sua camisa fosse preta, ela podia ver que estava encharcada. Ele estava lutando, ainda girando aquele bastão perverso. Mas ele estava diminuindo a velocidade e seus dedos estavam pegajosos de sangue.

A cada alienígena que ele derrubava, outro dava um passo à frente para lutar contra ele.

Ela engoliu um soluço e observou Kace cair de

joelhos. Sua cabeça pendeu para frente e o suor pingou de seu cabelo.

Os Thraxianos e Srinar o cercaram. Rory o perdeu de vista quando eles começaram a chutá-lo e bater nele.

Levante-se.

— Droga, se levante, garoto bonito. — Ela desejou que ele se levantasse, como se seus pensamentos lhe dessem mais energia.

Então, um Thraxiano saiu voando contra a parede. Ela viu Kace de pé. Ele estava balançando os punhos descontroladamente. Seus movimentos eram descoordenados.

Rory sentiu como se seu peito tivesse se transformado em pedra. Ele estava realmente ferido. Ela o viu cair novamente, com um golpe violento que jogou sua cabeça para trás. Ela queria fechar os olhos, fingir que não estava acontecendo, mas não o fez. Estavam nisso juntos. Ela podia ver o inchaço e hematomas em seu rosto e o coração dela doeu.

Ele era seu herói. Lutando por ela até o fim.

— Por quê? — Ela virou a cabeça e gritou com o imperador. — Por que fazer isso? Por que você quer me matar? Você disse antes, sou uma ninguém de um planeta qualquer.

O Thraxiano a arrastou pela sala, mas manteve seu olhar em Kace.

— Por causa do Talos.

— Que porcaria é essa de Talos?

A garra dele bateu em seu pescoço.

— É um implante. Você e a outra mulher foram

implantadas com eles quando vieram para a Casa de Thrax.

Ela franziu o cenho.

— O implante tradutor?

Ele balançou sua cabeça.

— Não. Outro implante escondido abaixo do implante tradutor. O Talos é experimental. Deveria controlar nossos escravos, torná-los mais flexíveis e obedientes.

Kace tossiu, então sua voz se elevou.

— É contra as regras de todas as casas. — Rory se virou e viu Kace de joelhos, com o rosto inchado. Seu olho azul olhou diretamente para eles.

O imperador grunhiu.

— Não vou ouvir sobre as regras de alguém da Casa de Galen. Vocês as quebram para roubar gladiadores de outras casas o tempo todo.

— Não roubamos, resgatamos. Existem poucas regras na arena, mas uma é seguida por todos desde que a primeira pedra da Arena Kor Magna foi colocada — Kace continuou. — Nada de tecnologia para melhorar ou controlar gladiadores. Você quebrou essa regra fundamental.

O imperador Thraxiano ergueu o queixo e suas veias brilharam em tom laranja.

— Não se preocupe, antariano. O Talos falhou. Não estamos usando-o agora.

— Naare. O gladiador Varinid que está perto de ganhar a liberdade. — Uma expressão de compreensão suavizou a expressão dura de Kace. — Ele tem o implante.

Rory viu algo cruzar o rosto do imperador, mas era difícil de ler.

— Sim. Mas o implante de Naare estava com defeito. Ele foi um dos primeiros casos de teste e isso destruiu seu cérebro. Como eu disse, não estamos mais arriscando nossos investimentos usando-o.

— Você não tem me controlado. — Rory se sentiu mal e horrorizada ao pensar que seu corpo havia sido violado, que haviam colocado esse implante dentro dela sem seu conhecimento.

— Não. Por alguma razão, o implante não afetou a você, nem a outra mulher. — O imperador lançou um olhar para Madeline. — Agora, não posso permitir que ninguém descubra sobre os implantes. Se as outras casas souberem... não, não posso permitir que isso aconteça.

— Você quer dizer que tem medo de Galen. Ele desmontaria sua casa, peça por peça.

— Eu não tenho medo do Galen — o Thraxiano grunhiu. — Mas ninguém precisa saber sobre o Talos.

O medo se instalou no estômago de Rory. Agora que Kace e Rory sabiam a verdade, as chances de eles saírem desse inferno com vida caíram para zero.

— Acabem com ele — o imperador ordenou.

O ataque a Kace duplicou. Cada golpe violento fez Rory estremecer. Quando Kace caiu de joelhos, lutando para se levantar, ela não aguentou mais.

Ela deu uma cotovelada no estômago do imperador. Quando ele grunhiu e a faca caiu de sua garganta, ela girou e deu um chute em seu estômago.

Ele a soltou, gritando. Rory pegou a adaga do chão e se afastou. Se jogou no grupo que estava atacando Kace.

Cortou o braço de um Srinar, depois se virou e apunhalou um Thraxiano.

Ela foi para perto de Kace. Amava seu gladiador. Não ia deixá-lo morrer aqui neste chão sujo.

Ela ficou de pé sobre ele, segurando a adaga para os Thraxianos.

— Vamos, seus cretinos.

— Rory... não.

Ela olhou para Kace.

— Sinto muito, mas estamos nisso juntos, garoto bonito.

CAPÍTULO QUINZE

Dor. Kace não conseguia mais separar as dores e sofrimentos.

Ele sabia que estava com costelas quebradas e a perda de sangue o estava deixando tonto, mas lutou para permanecer consciente. Seus ferimentos estavam além das capacidades de seu corpo – ele não conseguia mais diminuir o fluxo de sangue ou fazer a dor melhorar.

Tudo isso foi apagado pelo pânico que sentiu crescer em seu peito. Ele tinha que manter Rory segura. Ela era seu coração, seu tudo, sua razão de ser.

E os dois iam morrer aqui.

Estendeu a mão para ela, puxando-a para mais perto. Ela ergueu a pequena adaga, com fogo em seus olhos e um olhar feroz em seu rosto.

Ele sabia que ela lutaria até a morte.

De repente, bateram com força na porta da sala. Todos ficaram parados.

O imperador franziu a testa.

— Quem quer que seja, mande embora. — Seu olhar

ardente se concentrou em Rory e Kace. — Está na hora de vocês morrerem.

A porta estremeceu, como se uma grande força a tivesse atingido. Os Thraxianos se mexeram, nervosos.

De repente, a porta voou para dentro, derrubando o Thraxiano mais próximo.

Kace observou com seu único olho bom enquanto Thorin entrava na sala. Ele parecia um animal selvagem, com os braços cobertos por escamas escuras.

Os gladiadores da Casa de Galen avançaram atrás do gladiador. Kace sentiu uma sensação de alívio. O que quer que acontecesse agora, Rory estaria segura.

Raiden e Galen estavam na liderança. Lore e Nero o seguiram. Saff entrou com um sorriso sombrio no rosto enquanto empunhava uma espada, com Harper ao seu lado.

Com um grito, os Thraxianos e Srinar restantes avançaram.

— Pela honra e liberdade — Raiden gritou.

— Pela honra e liberdade — os outros gladiadores responderam.

Enquanto o som da luta ecoava ao redor deles, Kace sentiu Rory tentar colocar seu ombro debaixo do dele.

— Vamos, garoto bonito. De pé.

— Não estou muito bonito agora.

Ela sorriu para ele, mas ele viu a dor no coração por trás do sorriso. Ela tocou seu rosto espancado.

— Você está sempre bonito para mim.

— Pela Casa de Thrax! — Um Thraxiano correu até eles.

Rory se levantou de um salto e disparou com a adaga.

Ela cortou o braço do alienígena. Ele bateu a mão com garras sobre a arma, tropeçando para longe.

Com alguns grunhidos e gemidos, Rory colocou seu ombro na lateral do corpo de Kace e o ajudou a se levantar. A dor era como chamas lambendo seu corpo. Ele não tinha certeza se conseguiria.

Eles saíram do centro da confusão, arrastando os pés lentamente. Ele não tinha certeza do quanto poderia andar, mas agora, por Rory, ele continuava colocando um pé na frente do outro.

Ao se aproximarem do sofá, ele avistou Madeline. Quaisquer que fossem as drogas que tivessem usado nela, seu efeito tinha passado, e ela estava piscando, tentando se concentrar ao que acontecia a sua volta.

De repente, o imperador Thraxiano correu na frente deles.

Ele agarrou Madeline pelos cabelos e a puxou. Ela gritou, dando o primeiro sinal de vida. A mulher começou a lutar.

— Não — Rory gritou.

O Thraxiano puxou Madeline na frente de si como um escudo, avançando em direção à porta que conduzia para longe da arena subterrânea.

O covarde a estava usando para fugir.

Kace sempre soube que faltava honra aos Thraxianos, e essa era uma demonstração brilhante disso.

— Temos que detê-los — Rory falou.

— Rory... eu não posso lutar.

Ela olhou para sua camisa encharcada de sangue. Ela tinha que saber que era a única coisa que o mantinha de pé.

De repente, Lore apareceu ao lado deles.

— *Drak*, soldado. Você não está muito bem.

— Lore. — Uma onda de tontura tomou conta dele. Ele tinha que garantir a segurança de Rory. — A Casa de Thrax estava testando implantes em seus escravos e gladiadores. Implantes de controle mental chamados Talos.

Lore xingou.

— Não se preocupe com isso agora, precisamos nos concentrar em te salvar. — Ele estendeu a mão para Kace.

— Não — Kace protestou. — A amiga da Rory. O Imperador da Casa de Thrax a levou.

— Por favor, Lore — Rory implorou. — Pegue-a antes que ele a mate. Traga-a de volta.

Lore grunhiu, olhando para a porta.

— Tudo bem. Vocês dois fiquem abaixados até que os outros tenham esvaziado a sala. — Ele empurrou um pequeno kit de primeiros socorros para Rory. — Você precisa estancar o sangramento. Ao que parece, ele não pode se dar ao luxo de perder mais sangue.

Rory o pegou.

— Vou cuidar dele. Traga a Madeline de volta.

Lore assentiu e seu cabelo cor de caramelo roçou em seus ombros.

— Trarei, sim.

LORE SE MOVEU de forma furtiva pela porta. Ela conduzia a um longo corredor.

Adiante, ele ouviu uma mulher gritar de dor.

O foco da batalha esfriou sua raiva. Em seu mundo,

as mulheres deviam ser adoradas, não feridas ou abusadas.

Ele fez uma curva e viu o imperador Thraxiano arrastando uma mulher lutando ao seu lado. Ela parecia minúscula comparada ao alienígena gigante.

Murmurando um xingamento baixo, Lore puxou um pouco de pó das bolsas presas a seu cinto. Deu três passos e jogou a pólvora no ar. Ficou suspenso por um segundo e então explodiu, enchendo o corredor com uma nuvem de fumaça cinza prateada.

Ele ouviu o Thraxiano xingar e gritar, e a mulher tossir.

Na fumaça, Lore viu imagens inconstantes – serpentes aladas, gatos caçadores, mulheres com cabelos esvoaçantes e olhos prateados. *Que os totens do meu povo me protejam.*

Mantendo os olhos baixos, Lore correu pela fumaça. Ele se chocou contra o imperador. O alienígena largou a mulher, e Lore o derrubou no chão.

Enquanto o prendia no chão, Lore puxou a adaga da bainha em sua coxa.

— Você escolheu a mulher errada para machucar e a casa errada para cruzar.

— *Vá se drakkar*, escória de Galen.

Com um grito, a mulher avançou e chutou o alienígena.

— Seu desgraçado!

Sem qualquer arrependimento, Lore cravou a adaga no pescoço do Thraxiano. Sangue laranja jorrou. Os olhos do imperador se arregalaram e ele tossiu enquanto o sangue manchava seus lábios negros.

Ele caiu para trás e o som ruidoso da sua respiração ofegante escapou de sua garganta ferida. Não iria matá-lo, mas o manteria no chão por enquanto.

Lore se virou para a mulher.

Ela ficou ali, tremendo, olhando para ele na fumaça que se dissipava. Seus olhos estavam inexpressivos.

Não. Enquanto ele a olhava nos olhos – um tom interessante de azul que parecia quase violeta – viu que eles não estavam inexpressivos, mas sim cheios de tristeza e mágoa.

— Estou aqui para ajudar — ele falou.

Ela assentiu devagar.

— Você é Madeline. Harper, Regan e Rory me enviaram.

Ele viu um leve estremecimento percorrer seu corpo. Ela era baixa como as outras, com um corpo compacto e feminino. A mulher puxou o vestido minúsculo em torno de si.

— É hora de dar o fora daqui. Vem comigo?

Ele a viu erguer o queixo e notou um brilho de vida em seus olhos tristes.

— Qual o seu nome?

Ele ouviu um tom fraco de comando em sua voz, enterrado profundamente. Algo disse a ele que a linda sobrevivente estava acostumada a dar ordens.

— Lore. Meu nome é Lore.

— Lore. — Ela disse isso como se estivesse experimentando.

— Na verdade, tenho um nome de família muito longo que lista minha mãe, avó e suas mães antes delas. Assim que estivermos seguros, contarei tudo a você. —

Ele estendeu a mão para ela. — Mas só se você me perguntar com gentileza.

— Eu não sou gentil — ela sussurrou.

— *Dushla*, não acredito nisso nem por um segundo.

Com um aceno de cabeça, ela colocou a mão na sua.

— Não sei o que essa palavra significa.

Ele a puxou para perto, com cuidado para não tocá-la. Podia sentir a tensão em seu corpo, seu nervosismo por estar perto de alguém tão grande. Ela havia sido mantida em cativeiro por muito tempo e ele sabia que precisaria de um tempo para se curar.

— Será um prazer ensiná-la as palavras do meu povo.

Com a outra mão, Lore agarrou o braço do imperador e o arrastou atrás deles.

Enquanto se moviam de volta para os outros, ele ainda podia ouvir a luta, embora os sons fossem menos violentos que antes.

De repente, Rory e Kace passaram pela porta.

Lore largou o Thraxiano que gemia.

— Vocês dois estão bem?

— Sim. — Rory mal piscou para o imperador, com uma satisfação selvagem em seu rosto. Então seu rosto se suavizou e ela estendeu a mão. — Madeline.

Com um soluço, Madeline se jogou contra a outra mulher. Lore saltou para frente para pegar Kace, e Rory abraçou a mulher com força.

— Você está segura agora — Rory murmurou. — Vamos sair daqui. Eles são meus amigos.

Lore deu uma olhada rápida onde Rory havia feito um curativo nas feridas de Kace. As bandagens já estavam encharcadas de sangue.

— Como está? — ele perguntou baixinho.

— Vou sobreviver — Kace respondeu e desviou o olhar para Rory. — Tenho uma razão muito boa para viver.

Lore sorriu. Outro gladiador sucumbindo ao amor. Suas irmãs adorariam isso. Todas adoravam ver um homem forte cair de joelhos.

— Prontos para sair daqui? — Lore perguntou, erguendo a voz.

— Claro que sim. — Rory voltou para o lado de Kace, demonstrando preocupação.

— Então vamos para casa — Lore falou.

— Casa — Madeline murmurou. — Casa. — Um som triste.

Sua dor apunhalou Lore. Impotente contra isso, ele envolveu um braço ao redor da mulher. Ela era uma coisinha minúscula, mas sentia uma força constante nela. Essa força tinha sido derrubada, mas ele a ajudaria a se lembrar disso.

Atrás deles, Lore ouviu o som familiar de espadas. Estava na hora de ajudar seus amigos gladiadores.

Lore tirou outra ilusão de seu cinto. Ele se aproximou da porta e a jogou para dentro.

Desta vez, quando a fumaça explodiu no ar, pegou fogo, e as chamas correram ao longo da substância inflamável.

Xingamentos e gritos encheram o ar. Um segundo depois, os sons de luta pararam.

— Lore, quantas vezes eu tenho que dizer a você para não usar suas ilusões em lugares fechados? — Galen murmurou.

— Por nada. — Ele puxou Madeline pela porta, observando enquanto Rory ajudava Kace.

Galen apareceu, acompanhado por Raiden e Saff. Todos apresentavam alguns ferimentos, mas nada grave. Ele viu Madeline olhar para eles de boca aberta.

Imaginou que eram uma visão intimidante – Galen com seu rosto cheio de cicatrizes e tapa-olho, Raiden com suas tatuagens e Saff com suas longas tranças. Os três gladiadores seguravam espadas manchadas de sangue.

— Madeline. — Harper correu para a frente. — Você está bem?

A mulher segurou os braços de Harper e seu lábio inferior tremeu.

— É tão bom te ver, Harper.

Harper apertou as mãos da mulher.

— Você está segura agora.

Madeline acenou com a cabeça e, quando deu um passo mais perto, seus joelhos fraquejaram. Harper a segurou antes que ela caísse, e Lore deu um passo à frente e a pegou no colo.

Ela virou a cabeça para encará-lo.

— Eu não gosto de ser carregada.

Ele ouviu aquele som fraco de autoridade novamente.

— Sinto muito, *dushla*. — Ele a segurou com força contra o peito. — Até que você esteja de volta com força total, sou seu gladiador pessoal.

Os olhos violetas encontraram os seus. Lore sentiu algo faiscar ali, um sussurro silencioso cheio de promessas.

Então os olhos dela se arregalaram e focaram por cima do ombro dele.

Ele se virou a tempo de ver o imperador Thraxiano cambalear pela porta, com a espada na mão. Ele mostrou seus dentes negros. Seus lábios estavam apertados sobre as presas de cada lado de sua boca. O alienígena rugiu para eles.

Galen deu um passo à frente e, com alguns golpes de sua espada, derrubou o Thraxiano. Outro golpe, e a lâmina de Galen se enterrou profundamente no peito do imperador.

— Galen — Kace o chamou e sua voz vacilou um pouco. — Eles estavam usando um implante experimental de controle mental em seus gladiadores. Eles o chamam de Talos. É por isso que ele queria Rory e Madeline mortas ou desaparecidas. Foi implantado nelas, mas nunca funcionou.

Rory bateu em seu pescoço.

— Mas a prova ainda está aqui, e ele estava preocupado que alguém a descobrisse.

— Vou pessoalmente destruir sua casa. — Galen disse ao imperador com o tom o mais frio e letal que Lore já tinha ouvido. — Uma regra fundamental, e você não pode nem mesmo honrar isso. Vou desmantelar a Casa de Thrax, pouco a pouco. Cada vez que mais de vocês vierem, vou derrubá-los. Essa é a minha promessa.

Ele puxou sua espada e o Thraxiano caiu no chão com um gemido de dor.

Galen lançou ao alienígena um último e duro olhar.

— Diga a seu povo para ficar longe do meu, e isso inclui todas as mulheres da Terra.

Lore apertou seu controle sobre Madeline, sentiu as unhas dela cravarem em sua pele enquanto ela o segurava. Ele olhou para seu imperador por um momento e então sorriu.

— Você é fodão, G.

Galen ergueu uma sobrancelha, depois se virou.

— Vamos dar o fora daqui.

ENQUANTO ELES SE dirigiam para a multidão do ringue de luta clandestina, a música alta agrediu os ouvidos de Rory. Ela se empurrou para o lado de Kace, fazendo o seu melhor para mantê-lo de pé.

Um segundo depois, a grande forma de Nero apareceu. Ele obviamente estava vigiando a porta principal da sala do vencedor. Ele ergueu o braço de Kace sobre os ombros e segurou a maior parte do peso dele;

— Como vamos sair daqui? — Kace gritou acima do barulho.

— Encontramos uma rampa de acesso — Raiden respondeu. — Uma entrada dos fundos, usada pela equipe. — Ele olhou para Rory. — Hilea a mostrou para nós.

— Espere um segundo. — Rory se virou para Galen. — Há outro humano da Terra aqui. Um homem. Eu o vi no ringue de luta.

— O quê? — Harper se aproximou. — Quem?

Rory engoliu em seco.

• Blaine Strong.

Harper se balançou para trás e o choque ficou estampado em seu rosto.

— Não.

Rory sabia que Harper era amiga do homem. Ela olhou de volta para Galen.

— Ele era da equipe de segurança, trabalhava com Harper na estação espacial. Eles o estão fazendo lutar até a morte no ringue. Não podemos deixá-lo.

Galen parecia dividido, mas assentiu. Eles abriram caminho através da multidão e alcançaram o parapeito ao redor do fosso.

Dois grandes lutadores alienígenas estavam lutando na areia abaixo, mas nenhum deles era Blaine. Ele havia sumido.

— Não — Rory gritou.

— Não podemos ficar — Galen disse. — O Kace precisa de atendimento médico. Ele perdeu muito sangue.

Harper segurou a mão de Rory e a apertou.

Rory olhou para a amiga.

— O Blaine esteve aqui, Harper. Eu o vi com meus próprios olhos.

— Acredito em você. — Um espasmo cruzou o rosto de Harper.

Galen xingou e agarrou um espectador próximo, deixando o homem magro na ponta dos pés.

— Havia um lutador aqui. — Galen olhou para Harper.

— Ele é alto, com ombros largos — Harper falou. — Pele negra. Cabelo liso como o meu.

O homem acenou com a cabeça, engolindo a saliva.

— Ele ganhou três lutas. Eles os levam para descansar depois da terceira.

Rory soltou um suspiro. Blaine ainda estava vivo.

— O cara é uma *máquina* no ringue — o espectador acrescentou. — É o favorito da multidão. Ele é o campeão do ringue de luta.

Galen empurrou o homem para longe.

— Temos que ir.

Os dedos de Harper apertaram os de Rory.

— Voltaremos. Vamos encontrá-lo e resgatá-lo também.

Com o coração pesado, Rory voltou para o lado de Kace. Eles saíram e Galen os conduziu até a entrada dos fundos que haviam encontrado. Seguiram uma rampa em espiral para cima. Enquanto subiam, ela sentiu a tontura tentando assumir o controle e cerrou os dentes.

A rampa tinha portas esculpidas na lateral, espaçadas uniformemente. Homens e mulheres mal cobertos com olhos opacos e cansados pendiam de algumas dessas aberturas. Outras portas estavam abertas. A fumaça saía delas e as pessoas com olhos inexpressivos estavam ali.

Bordéis e antros de drogas. Seu estômago apertou. Havia uma sensação de desesperança e desespero que a fez estremecer.

Ela poderia ter acabado aqui. Qualquer um dos abduzidos de Fortuna poderia ter terminado seu pesadelo aqui.

Isso fez Rory perceber o quanto ela foi sortuda por acabar na Casa de Galen.

E ainda mais, como teve muita sorte em encontrar suas amigas e Kace. Olhou para ele agora. Mesmo com o rosto inchado e com dor, ele ainda era o homem mais bonito, forte e heroico que ela já conheceu.

Estava completamente apaixonada por seu lindo gladiador. Ela mal podia esperar para curá-lo e mostrar exatamente o que significava para ela.

Quando saíram dos túneis estreitos e entraram na parte principal dos Mercados Kor Magna, foi como uma lufada de ar fresco.

Rory observou os donos das barracas se preparando para começar o dia. Caramba, eles estiveram no subterrâneo a noite toda. Aspirou o cheiro de comida e sentiu a náusea subir. Engoliu em seco algumas vezes, preparada para voltar à superfície.

Olhou para Madeline, aninhada nos braços fortes de Lore. Ela parecia sofrida e perdida, nada como a comandante impulsiva e arrogante da Estação Fortuna.

Mas eles não a deixariam continuar assim. Todos na Casa de Galen ajudariam Madeline e a ajudariam a encontrar uma maneira de se curar.

Eles se moveram pelas ruas Kor Magna e as faixas douradas iluminavam o céu do amanhecer. Madeline piscou, erguendo o rosto para o infinito dossel azul claro. Rory manteve o controle sobre Kace. Ele não tinha feito nenhum som, mas ela sabia que ele devia estar em agonia.

— Não estamos muito longe — disse a ele.

Seus dentes estavam cerrados quando ele assentiu.

— Posso fazer isso. Jurei vê-la em segurança e, assim que estivermos de volta à Casa de Galen, você estará.

— Meu herói — ela sussurrou.

Não demorou muito para que estivessem de volta aos túneis da arena, e os guardas vestidos de cinza e vermelho abrissem as portas duplas da Casa de Galen. O grupo agredido entrou.

— Vai ficar tudo bem, garoto bonito — Rory murmurou para Kace. — Os curandeiros vão cuidar de você imediatamente. — Ela se inclinou, pressionando os lábios perto de sua mandíbula e baixou a voz. — E depois disso, seremos apenas você e eu. — Ela colocou um tom sensual em suas palavras. — Vou cuidar bem de você.

O peito dele apertou.

— Promete?

— Ah, sim. Tenho algumas novas posições para te mostrar.

Seu olho bom brilhou.

— E tenho algo muito importante para te dizer. — Seu estômago deu um nó. Mal podia esperar para dizer que estava completamente apaixonada por ele.

Ela sentiu os outros diminuírem a velocidade e olhou para cima. À frente, na área de entrada principal, viu a forma curvilínea de Regan em pé com dois guardas da Casa de Galen e um pequeno grupo de homens.

Os estranhos eram altos, com posturas retas como uma vareta. Todos se viraram, e Rory engoliu um suspiro chocado.

A semelhança com Kace era clara. Eles tinham feições semelhantes, com as mesmas características militares e a mesma pele bronzeada.

Kace fez um barulho.

— Comandante Chefe Daeron.

— Comandante Tameron. — O olhar do antariano mais velho percorreu o corpo ferido de Kace, desviando brevemente sobre Rory sem parar. — Deve ter sido uma batalha desafiadora.

— Foi, sim.

Rory se sentiu como se tivesse engolido uma pedra. Esse era o povo de Kace.

Regan deu um passo à frente, torcendo as mãos.

— Hum, esses homens chegaram enquanto vocês estavam fora. Eles queriam ver o Kace.

— Comandante? Por que vocês estão aqui? — Kace perguntou.

Um dos outros homens deu um passo à frente.

— Você ficará satisfeito em saber que seu contrato de treinamento na arena foi interrompido, Comandante Tameron. A batalha com o Hemm'Darr se intensificou e estamos chamando você de volta para sua posição a bordo de nosso Destruidor de Guerra.

Rory viu emoções conflitantes passarem pelo rosto de Kace – dever, lealdade, arrependimento. Agora seu estômago revirou com a náusea. Ela achou que ia vomitar.

— Os Hemm'Darr estão aumentando os ataques — um dos outros antarianos falou. — Nosso povo precisa dos nossos melhores soldados.

Rory sentiu os músculos de Kace ficarem tensos sob suas mãos. Era para isso que ele vivia. Toda a sua vida era dedicada a proteger seu povo.

Ela tinha sido apenas um breve acontecimento em sua vida. Uma diversão interessante, à qual ele lutou para não sucumbir.

Rory amava esse homem e não tornaria a situação difícil para ele. Ela não o deixaria trair suas crenças.

Seu herói precisava ser herói.

Ela se inclinou e deu um beijo casto em sua bochecha.

— Obrigada por tudo, Kace.

Ele se virou para olhar para ela, um olhar estranho e ilegível em seu rosto.

Se preparando, ela se afastou.

— Você é um homem incrível e nobre. Te desejo muita sorte.

— Rory...

Lágrimas se formaram em seus olhos. *Droga*. Ela *não ia* chorar.

— Prometa que vai se manter em segurança. — Ela sentiu seu interior desmoronar. — Tenha cuidado, garoto bonito.

Antes que desabasse, Rory se virou e correu de volta para seu quarto.

Durante todo o caminho, ela tentou fingir que seu coração não estava despedaçado. Tentou dizer a si mesma que não poderia estar sangrando por dentro por causa de um homem que ela só conhecia há algumas semanas.

Mas não funcionou. De volta ao quarto, ela correu para o banheiro e vomitou violentamente. Depois que ela colocou para fora todo o conteúdo do seu estômago, apoiou a cabeça contra os azulejos frios. E as lágrimas vieram.

Ela sentiu um movimento ao seu lado e viu Hero aparecer, se encostando nela. Rory o pegou, segurando-o com força. Enquanto os soluços a atormentavam, ela prometeu a si mesma que só choraria dessa vez.

Então se levantaria e ajudaria seus amigos.

CAPÍTULO DEZESSEIS

R ory ficou com Regan e Harper no centro médico, observando os curandeiros Hermia tratando de Madeline.

A comandante da estação se sentou encolhida em uma grande cadeira e se recusou a soltar a mão de Lore. O gladiador se acomodou ao lado dela, falando em voz baixa.

O curandeiro se aproximou para falar com eles.

— Ela está em choque. — A voz do curandeiro era baixa e fluida. — Fisicamente, não está em má forma. Vai precisar de alguns suplementos nutricionais por um tempo, mas acima de tudo, de tempo para se recuperar.

— Obrigada — Harper falou.

— Fraser. — A voz de Madeline estava um pouco trêmula, mas Rory achou que soava mais como a mulher que ela conheceu antes.

Rory foi até ela.

Madeline ergueu o olhar, com as lágrimas transbordando de seus olhos azul-violeta.

— Obrigada — falou. — Obrigada a todos vocês por me tirarem de lá.

Rory tocou o braço da mulher.

— Você está segura aqui.

— Blaine. Blaine Strong estava lá também.

Rory acenou com a cabeça, sentindo a garganta apertada.

— Não conseguimos resgatá-lo, mas vamos fazer isso. Vamos voltar para buscá-lo.

Madeline concordou.

— A que distância estamos da Terra? Quando podemos ir para casa?

Ah, merda. Rory respirou fundo e olhou para as outras. Regan passou os braços em volta da cintura e um músculo pulsou na mandíbula de Harper. As duas tiveram sua vez de informar a alguém sobre sua infeliz realidade.

Rory se voltou para Madeline.

— Muito longe. Não há como voltar. Isso levaria cerca de duzentos anos.

— O quê? — Madeline arregalou os olhos.

— Sinto muito.

— Não pode ser! Eu tenho um filho... — Um soluço escapou da garganta de Madeline.

Merda, Rory não sabia que Madeline tinha um filho.

— Sinto muito mesmo. Os Thraxianos usaram um buraco de minhoca transitório para alcançar nosso sistema solar. Desde então, se fechou. Não há caminho de volta.

Madeline se dissolveu em soluços horríveis e de partir o coração.

Lore puxou a mulher para seu colo e passou os braços ao redor dela. Ela enterrou o rosto no pescoço do gladiador e segurou firme.

— Podem ir — ele falou, parecendo muito à vontade com as lágrimas da mulher. — Vou ficar com ela.

Rory se arrastou para fora com as amigas. Seu coração se partiu mais uma vez enquanto absorvia a dor de Madeline. Sentia muita falta de sua família, mas ela não tinha filhos. Não conseguia conceber o quanto essa dor poderia ser ruim.

Mas com o coração já em pedaços, isso era mais do que Rory era capaz de lidar agora. Ela se virou para sair.

— Rory? — A voz de Harper ecoou.

Rory ficou imóvel.

— Achei que você gostaria de saber que o Galen enviou pessoas para encontrar a Hilea. Ele disse que ela é bem-vinda na Casa de Galen.

Rory sentiu um aperto caloroso no peito.

— Isso é ótimo, mas ela provavelmente não virá.

— Ele achou a mesma coisa. Mas disse que garantiria que ela fosse cuidada.

— Ótimo.

— E ele já está fazendo planos para resgatar Blaine. Nós o traremos de volta.

Pobre Blaine.

— Isso é ótimo. — Rory se virou para sair novamente. — Preciso de um tempo sozinha. Kace está indo embora e voltando para seu planeta.

— Não — Regan protestou. — Vi vocês dois juntos. Ele te ama, e você o ama também.

Rory imaginou por um breve e brilhante segundo como seria para Kace amá-la.

— Ele ama seu planeta — ela falou. — Mesmo que ele sinta algo por mim... — sua voz falhou — ... não vou fazê-lo escolher. — Uma onda de tontura tomou conta dela e a fez cambalear.

— Ei. — Harper segurou seu ombro.

Rory deu de ombros para a amiga.

— Eu... só preciso de um tempo sozinha. — Antes que ela desmoronasse para que todos vissem. E Rory Fraser nunca desmoronava.

Ela correu pelo corredor, movendo os pés cada vez mais rápido. Pensou em voltar para seu quarto ou para o ginásio, mas tudo e todos os lugares a lembravam de Kace.

Ela atravessou as portas da Casa de Galen. Os guardas não a pararam. Ela não tinha certeza se era pela expressão em seu rosto ou o fato de que não havia mais um risco para ela agora.

Rory se viu correndo pelos túneis e, antes que percebesse, chegou no topo da torre da arena para onde Kace a havia levado naquela vez que ela precisou escapar e respirar.

O lugar onde eles se beijaram pela primeira vez.

Se encostou na grade de pedra, sentindo o vento bater em seu rosto. Fechou os olhos e respirou fundo.

Ela se recusou a deixar as lágrimas caírem. Isso não ia ajudar, Como Madeline, ela só precisava de um tempo.

Mas, no fundo, Rory sabia que os pedaços de seu coração nunca voltariam a se encaixar da mesma maneira. Kace havia penetrado profundamente e ela não achava que algum dia o tiraria de lá. Respirou. Droga, ela não queria tirá-lo de lá.

Ela respirou fundo novamente, e desta vez, imaginou o cheiro dele. Ela sufocou um soluço.

Então, sentiu uma presença atrás de si. Abriu os olhos e olhou para trás.

E lá estava ele.

Suas mãos agarraram a pedra. *Kace.*

***.

RORY ESTAVA TÃO LINDA, com o vento balançando seus cachos ruivos.

— Você está curado — ela falou.

Ele assentiu.

— Os curandeiros cuidaram de mim. — Ele ainda tinha algumas dores leves nas costelas, mas tudo havia cicatrizado bem. Seu olho esquerdo não estava mais inchado e seu rosto estava sem hematomas.

— O que está fazendo aqui? — questionou.

— Você realmente acha que eu simplesmente iria embora? Deixaria a Casa de Galen e Kor Magna em um piscar de olhos?

Sua boca se abriu e se fechou.

Ele deu um passo à frente.

— Acha mesmo que eu te deixaria assim?

Os lábios de Rory tremeram.

— Você tem seu dever para com o seu planeta. Sei que é tudo pelo que você sempre trabalhou...

— Estou me apaixonando por você, Rory.

Ela paralisou.

— Você não acredita no amor. Você disse que isso não existe.

— Durante toda a minha vida, me disseram que não existia. Você me provou que isso está muito errado. Me mostrou o que significa o amor. O que a vida significa.

— Kace...

Ele ergueu as mãos.

— Eu vivi para a guerra. Fui criado para isso. *Drak*, acho que você está certa, eles fizeram uma lavagem cerebral em todos nós para acreditarmos nisso.

Ela o observou com firmeza, e ele viu as lágrimas brilhando em seus olhos.

— Você me mostrou que posso ter mais, Rory. Vi a maneira como você se preocupa, vive e ama. Eu quero isso.

Ele estendeu a mão e puxou-a para perto. O corpo dela estava rígido e o coração martelando contra o peito dele.

— Eu quero viver, Rory. — Ele não conseguia parar de beijá-la, precisando provar seu sabor. — Eu te amo.

Ela segurou seu peito.

— Ah, Deus, Kace, eu também te amo.

— Graças aos Criadores — ele murmurou contra seus lábios.

De repente, eles estavam arrancando as roupas um do outro.

— Sim. — A voz dela estava rouca, enquanto abria a calça dele.

Kace levou segundos para tirar a calça e mais um para rasgar sua calcinha em pedaços. Ela ofegou, se empurrando contra ele.

Sua linda e sexy mulher gostava disso.

Ele a apoiou contra a parede e a ergueu. Ela envolveu as pernas em seus quadris e estocou em seu centro quente.

Ela gemeu, se movendo em sua direção.

— Tão ganancioso.

— Por você, sempre sou.

Kace precisava dela. Precisava senti-la ao seu redor, quente, viva e cheia de energia.

Ele mergulhou dentro dela.

Rory soltou um grito sufocado, apertou as mãos em seus ombros. Não havia tempo para gentileza ou delicadeza. Kace precisava reivindicar sua mulher e garantir que ela soubesse exatamente a quem pertencia.

Ele estocou dentro dela, se gloriando com seus gritos e no aperto de seu corpo.

Ele sentiu sua orgasmo chegando e sua visão escurecendo.

— Rory.

— Estou aqui, Kace.

Ele alcançou entre seus corpos, e assim que tocou o clitóris inchado, ela gritou seu nome, apertando seu corpo com o dela.

Kace se aproximou, enterrando o rosto em seu pescoço, e quando o clímax o atingiu, seus quadris se lançaram para frente e ele jorrou dentro dela.

Rory Fraser era sua. E ele faria o que fosse necessário para garantir que todos soubessem disso.

Principalmente a própria Rory.

QUANDO KACE SE MOVEU, puxando-a para seus braços, ela se sentiu corada e feliz. Ela se apoiou em sua força, ouvindo a batida rápida de seu coração debaixo da orelha dela.

— Eu te corrompi — ela falou. — Aqui está você, o soldado militar sensato dando uma rapidinha.

— Uma rapidinha? — ele perguntou com uma carranca.

— É um termo da Terra para... deixa para lá. — Um pavor familiar a atingiu. —Kace, isso foi um adeus?

— O quê? — Ele ergueu a cabeça e a colocou de pé. Em seguida, emoldurou suas bochechas. — Não. Isso era a minha declaração de que vou ficar. Com você. Para sempre.

Deus. Ela mal conseguia respirar.

— Eles vão permitir que você faça isso? Os militares vão te liberar com tanta facilidade?

— Não.

Por um momento, seu rosto parecia tão distante, tão inexpressivo.

— Fale comigo — ela sussurrou.

— Informei aos meus superiores que vou deixar o exército de Antar e ficar aqui em Carthago.

Ela abriu a boca. *Ele o quê?*

Ele engoliu em seco.

— Não é preciso dizer que me baniram do meu planeta. Não sou mais bem-vindo em Antar.

Ela ofegou.

— Meu Deus. Kace, tem certeza de que é isso que você quer? — Ele estava desistindo de seu *planeta* por ela?

Ele sorriu.

— Sim.

— Tem certeza de que quer ficar aqui comigo? — Suas mãos o apertaram. — Se certifique, garoto bonito, porque se você ficar, nunca vou deixar você ir.

Ele segurou seu queixo, puxando seu rosto até o dele, e roçou os lábios nos seus.

— Você é minha, Rory Fraser. Agora e sempre. Sei que você tem muito mais vida para me mostrar.

Ela piscou.

— E muito mais posições.

Ele sorriu de volta.

— Eu te amo tanto que dói.

Deus, ele era perfeito. De repente, uma onda de tontura tomou conta dela, quase a fazendo cair de joelhos.

Ele murmurou um xingamento e a puxou para seus braços.

— Rory? O que há de errado?

— Estou tonta.

— Você está machucada?

Ela balançou a cabeça.

— Não. Mas foi um dia terrível. Tenho certeza de que só preciso descansar. — Ela nunca havia se sentido tão esgotada antes.

— Não, você verá um curandeiro primeiro. — Ele a ajudou a vestir as roupas antes de arrumar as suas. Em seguida, colocou o braço debaixo dos joelhos dela e se dirigiu para as escadas.

Rory discutiu com ele, tentou persuadi-lo a ir para a cama, mas seu gladiador teimoso e superprotetor não aceitou seus protestos.

Quando ele a carregou para o centro médico, suas amigas ainda estavam lá com Madeline.

Rory revirou os olhos para todos.

Elas estavam sorrindo para ela e Kace. Até Madeline conseguiu sorrir. Lore ainda estava esparramado em uma cadeira também, e parecia muito divertido.

Kace colocou Rory em um dos bancos do outro lado da sala.

— Ela teve um ataque de tontura.

De repente, um pequeno corpo disparou pela porta e saltou na cama ao lado de Rory. O curandeiro Hermia parecia chocado.

Rory deu um tapinha na cabeça de Hero.

— Este é meu animal de estimação. Ele pode dizer quando estou machucada ou chateada. — Ela sorriu para Kace. — Tenho a sorte de ter dois heróis.

O curandeiro Hermia se endireitou e se aproximou com um farfalhar silencioso de suas vestes, segurando um scanner portátil. Depois de acenar para Rory, o curandeiro franziu a testa.

— Você fez o check-up médico quando chegou à Casa de Galen?

— Sim. — Rory franziu a testa. O que havia de errado com ela?

— Colocou o implante anticoncepcional?

— Sim.

O curandeiro estudou a tela do scanner.

— Preciso te dar alguns suplementos vitamínicos. Vai precisar aumentar suas vitaminas para carregar a criança.

Rory ficou imóvel e viu Kace fazer o mesmo.

— Carregar a...? — Rory perguntou, incrédula.

O curandeiro deu um aceno calmo.

— Você está grávida. A criança parece ser meio antariana. Eles crescem em um ritmo rápido, então, embora a gravidez pareça muito recente, já é detectável.

Rory inclinou a cabeça. Ela não deve ter ouvido direito.

— Eu estou com o quê?

O rosto do curandeiro estava calmo e composto.

— Com uma criança.

Rory estendeu a mão e deu um tapa no peito de Kace.

— Você me engravidou!

Seu gladiador estava olhando para ela, sem palavras, com o choque estampado em suas belas feições.

Rory olhou de volta para o curandeiro.

— Mas colocaram o implante para evitar isso.

O curandeiro concordou.

— Os antarianos têm células reprodutivas muito persistentes. Dizem que são capazes de contornar a maioria dos anticoncepcionais convencionais. Em seu mundo, os militares de Antar regulam a procriação. Já que Kace nunca teve relações sexuais aqui em Carthago, isso nunca foi um problema.

Rory semicerrou o olhar.

— Você sabia que tinha esperma de super soldado?

Ele ainda parecia chocado.

Ela cobriu o rosto com as mãos.

— Raptada por alienígenas, vendida como escrava, resgatada, tendo pessoas tentando me matar, e agora estou grávida de um bebê alienígena.

Ela sentiu a grande mão de Kace acariciar seu cabelo.

— Rory, sinto muito.

Ela ergueu a cabeça e sorriu.

— Eu não sinto. — Ela ia ter um bebê. O bebê de Kace. Seu bebê.

— Não? — Ele parecia confuso.

Seu pobre gladiador. Rory sempre foi do tipo que aceitava os golpes da vida. E pelo menos esse golpe era bem-vindo, não importava o quanto tenha sido uma surpresa.

Ela puxou a mão dele para seu ventre.

— Um bebê, Kace. Fizemos um bebê.

A surpresa passou por suas feições. Ele se inclinou e a beijou.

— A cada momento de cada dia, você me ensina mais sobre como viver. Eu te amo.

— Eu também te amo.

— O que está acontecendo? — Harper perguntou, indo até eles. Regan a seguiu, parecendo preocupada.

— Kace me engravidou — Rory disse a elas.

Sua amiga e prima piscaram, boquiabertas.

— Você vai ter um bebê! — A voz de Regan aumentou para um grito animado.

— Sim.

Suas amigas abraçaram a ela e Kace, ainda atordoado,

e Regan começou a tagarelar sobre bebês e possíveis diferenças em gravidezes alienígenas.

As portas do centro médico se abriram e Galen, Raiden, Thorin e Saff entraram.

— O que, em nome de *drak,* está acontecendo aqui? — Galen questionou. — Os curandeiros me disseram para vir imediatamente.

Saff viu a mão de Kace sobre o ventre de Rory antes de levantar o olhar para o rosto de seu parceiro de luta.

— Pelos Criadores, Kace engravidou sua garota da Terra.

Os outros gladiadores paralisaram.

Kace sorriu.

— Vamos ter um bebê.

Enquanto mais conversas irrompiam ao redor deles, Rory se inclinou para Kace. Ele pressionou seus lábios nos dela.

— Rory, não sei nada sobre ser pai.

— Não se preocupe, Kace. Vamos resolver tudo isso juntos. Um dia de cada vez.

Ele assentiu.

— Eu aprendo rápido.

— Tudo o que você precisa fazer é amar nosso filho e a mim. O resto vai se encaixar.

— Eu amo você. Não pare de me amar.

— Nunca — ela disse. — Tenho muito mais vida para te mostrar.

Um sorriso sexy transformou seu rosto.

— Estou ansioso por isso.

— Provavelmente não será tranquilo e organizado... —

Naquele momento, Hero bateu a cabeça contra eles, tentando se aproximar.

As mãos de Kace se apertaram sobre ela.

— Que bom.

Ela o beijou de novo.

— Se mantenha firme, garoto bonito. Acho que a nossa jornada vai ser selvagem.

ESPERO que tenham gostado da história de Rory e Kace!

Não perca! Para mais romances cheios de ação em inglês, confira minhas outras séries. Para atualizações sobre novos lançamentos, livros gratuitos e outras coisas divertidas, se inscreva na minha lista VIP de discussão e ganhe seu box gratuito (em inglês) contendo três romances cheios de ação.

Visite aqui para começar: www.annahackett.com

Would you like
a FREE BOX SET
of my books?

GLOSSÁRIO

Planetas e espécies
Planeta: Aurelia
Espécie: aureliano(a)s

ESPÉCIE: thraxianos

PLANETA: Carthago
Capital: Kor Magna
Espécie: Cartagoes

ESPÉCIE: Canelliano(a)

PLANETA: Taurea
Espécie: Taureano(a)

· · ·

ESPÉCIE: Frystaniano (a)

PLANETA: Parinthia
   Espécie: parinthiano(a)

ESPÉCIE: Hermiano

ESPÉCIE: Neezano

SISTEMA DAGON: área fictícia do espaço

CASAS DOS GLADIADORES
   Casa de Galen
   Casa de Thrax
   Casa de Zhan-Shi
   Casa de Rone

ANIMAIS FICTÍCIOS
   Achna
   Dracos
   Raksha
   Gallu
   Yeth
   Gorgo
   Agama

Corra
Tarnid
Nama

OUTRAS PALAVRAS

Drak - palavrão fictício
Ixsander - lugar fictício
Jaack - um jogo fictício
Tarion – um tipo de arma / escudo
Phena - flor / afrodisíaca
Liven – tipo de nozes

OUTRAS OBRAS

Livros em português

Gladiadores Galácticos

Gladiador

Guerreiro

Herói

Livros em inglês

Norcross Security

The Investigator

The Troubleshooter

The Specialist

The Bodyguard

Billionaire Heists

Stealing from Mr. Rich

Blackmailing Mr. Bossman

Team 52

Mission: Her Protection

Mission: Her Rescue

Mission: Her Security

Mission: Her Defense

Mission: Her Safety

Mission: Her Freedom

Mission: Her Shield

Mission: Her Justice

Also Available as Audiobooks!

Treasure Hunter Security

Undiscovered

Uncharted

Unexplored

Unfathomed

Untraveled

Unmapped

Unidentified

Undetected

Also Available as Audiobooks!

Eon Warriors

Edge of Eon

Touch of Eon

Heart of Eon

Kiss of Eon

Mark of Eon

Claim of Eon

Storm of Eon

Soul of Eon

Also Available as Audiobooks!

Galactic Gladiators: House of Rone

Sentinel

Defender

Centurion

Paladin

Guard

Weapons Master

Also Available as Audiobooks!

Galactic Gladiators

Gladiator

Warrior

Hero

Protector

Champion

Barbarian

Beast

Rogue

Guardian

Cyborg

Imperator

Hunter

Also Available as Audiobooks!

Hell Squad

Marcus

Cruz

Gabe

Reed

Roth

Noah

Shaw

Holmes

Niko

Finn

Devlin

Theron

Hemi

Ash

Levi

Manu

Griff

Dom

Survivors

Tane

Also Available as Audiobooks!

The Anomaly Series

Time Thief

Mind Raider

Soul Stealer

Salvation

Anomaly Series Box Set

The Phoenix Adventures

Among Galactic Ruins

At Star's End

In the Devil's Nebula

On a Rogue Planet

Beneath a Trojan Moon

Beyond Galaxy's Edge

On a Cyborg Planet

Return to Dark Earth

On a Barbarian World

Lost in Barbarian Space

Through Uncharted Space

Crashed on an Ice World

Perma Series

Winter Fusion

A Galactic Holiday

Warriors of the Wind

Tempest

Storm & Seduction

Fury & Darkness

Standalone Titles

Savage Dragon

Hunter's Surrender

One Night with the Wolf

For more information visit www.annahackett.com

SOBRE A AUTOR

Sou autora bestseller do USA Today, apaixonada por romances contemporâneos e de ficção científica **agitados e cheio de emoções**. Adoro escrever sobre pessoas superando probabilidades imbatíveis e alcançando objetivos aparentemente impossíveis. Gosto de acreditar que é possível que todos nós façamos o mesmo.

Moro na Austrália com meu mocinho da vida real e dois filhos jovens muito ocupados.

Para datas de lançamento, informações de bastidores, livros gratuitos e outras coisas divertidas, se inscreva para receber novidades aqui:

Site oficial: www.annahackett.com